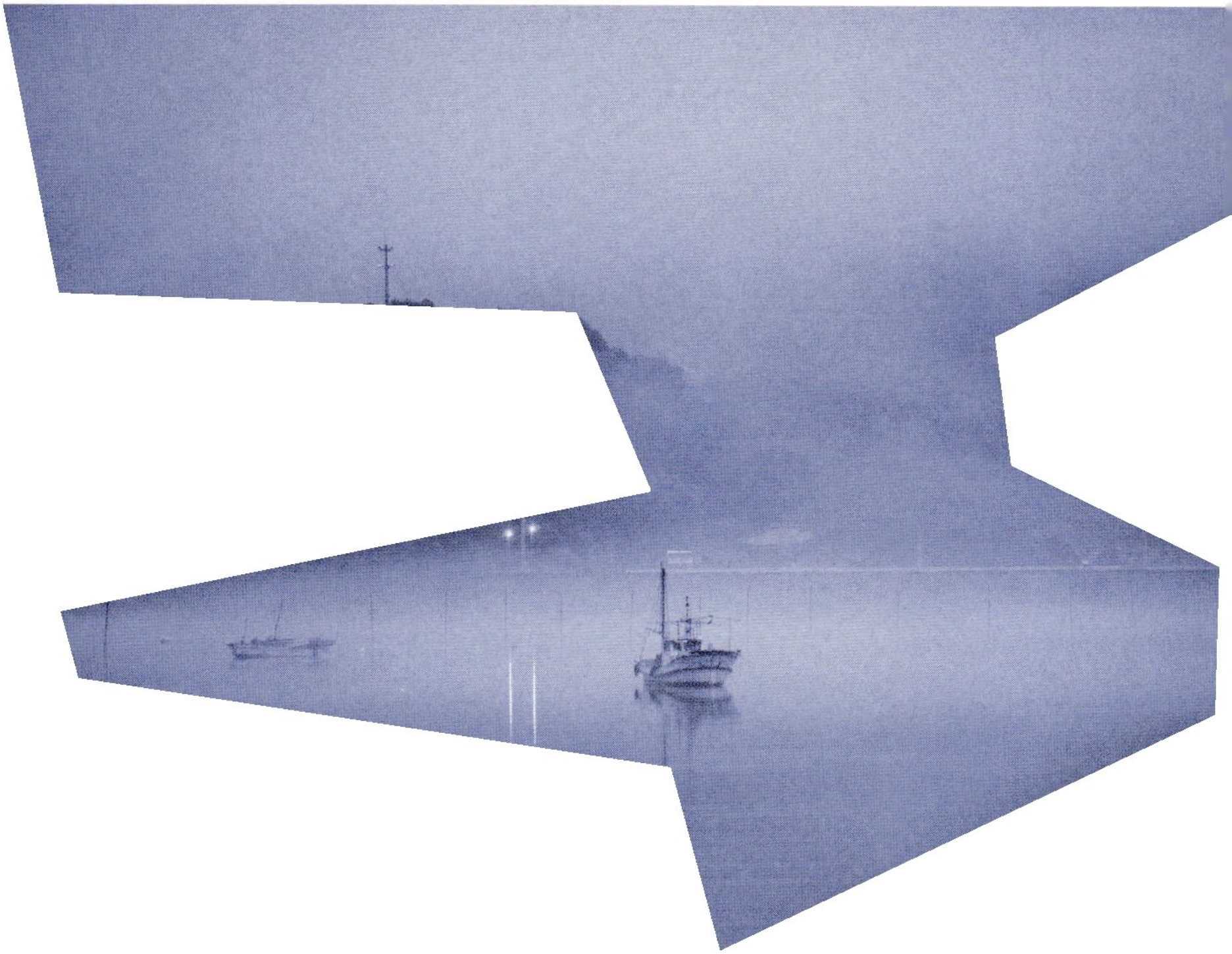

不知火のほとりで

石牟礼道子終焉記

Koji Yonemoto
米本浩二

毎日新聞出版

はじめに

二〇〇三年以来、石牟礼道子さん（一九二七～二〇一八年）はパーキンソン病との闘いを続けていた。大きく体調を崩したのは二〇一七年夏。幻覚、意識消失、大腿部骨折、血圧低下、腰の圧迫骨折――など、思わしくない状況が続いた。

肉体は弱っていっても、記憶力、構想力、思考力など、作家としての屋台骨というべき能力は健在だった。動作の鈍さから意識も朦朧《もうろう》だろうと判断するのは早計だ。トボけたように見せ、身を取り巻く状況を完全に掌握している。右手にはペンがある。全国紙の随筆や俳句の連載を続ける。「もう十分お書きになりました。連載を終わりにしましょう」と担当者に言われても、「バカにしないで。やります」と文字を刻む。

呼吸困難の発作に始終見舞われる。のどが詰まり、実際に呼吸が止まりもする。そばにいる者は気が気でない。頓服（精神安定剤）はあるが即効性はない。がー、がー、いびきをかいて、横になっているしかない。一時間か二時間、嵐が過ぎるのを待つあいだ、私は、道子さんの足の裏を揉む。少女のような短いソックスの小さな足。ツボらしきところをギユッギュッと押す。「気持ち……よか……です」。多少は気が紛れるようだ。発作さえなければ、気分は安定し、起きて裁縫、食事、執筆（口述）などをする。

二〇一八年二月のある日、石牟礼さんが女性の介護者に「プリンを食べたい」と言った。糖尿警戒で医師から禁じられているが、甘いものを我慢できない。介護チームには、回復が望めないならせめて好きなものを、という思いもある。「きょうは無理ですが、今度来るとき、買ってきます」と応えると、石牟礼さんは横になったまま右腕を真上に伸ばす。小指をぴんと立てる。指切りげんまん、約束しましょう、というのである。

二月六日深夜、道子さんの長男道生さん（一九四八年生まれ）からメールをもらった。前日の五日、道生さんら親族が主治医に呼ばれた。「今週いっぱいが危険で、今月末まで持てばという状態であるから、覚悟しておくように」と告げられたというのだ。「のどに痰《たん》が詰まり息が苦しいのはパーキンソン病の末期の症状」という。

道子さんの評伝執筆を志した私は二〇一三年の後半以来、道子さんのそばにいさせてもらっていた。新聞記者としての仕事の拠点がある福岡市から道子さんがいる熊本市まで週一回通う。昼前に来て夜帰る。取材がメインであるが、本の朗読や手紙の代筆をへて、起居の手助けなど介護の一部も担うようになった。道子さんの肉声をちりばめた『評伝　石牟礼道子―渚に立つひと』（新潮社）を刊行したのは二〇一七年春である。

それで終わりというわけにはいかなかった。道子さんになじめばなじむほど、取材など忘れてしまって、道子さんの身を案じる自分がいたのである。偶然ながら、私の母も道子という名である（二〇一九年四月十七日死去）。通い始めて二年たつ頃には、石牟礼さんの同伴者で文学・思想的同志である渡辺京二さん（一九三〇年生まれ）に、「道子介護チーム」の一員として認められていた。道生さんが血縁でもない私に道子さんの大事を連絡してくれたのは、そんな事情による。

道子さんのそばにいるのであれば、道子さんのことを書かねばならない。渡辺さんの言を待つまでもなく、書かないと消えてしまう。そうやって夢中で書いてきた日々の文章をまとめたのが本書である。日記、インタビュー、対話などスタイルは違っても、石牟礼さんのことを書き残したいという気持ちは一貫している。私は書くことで道子さんのそばにいたかったのだ。

目次

はじめに　1

第一章　二月、道子さんを送る
一輪の花 13
神に嘉された人 30
生類の色 36

第二章　かけがえのない日々
熊本地震 59
近代百年の痛み 66
新しい病 73

自殺未遂 80
許すということ 85
野人 89
さびしい友 95
恩寵の光 107
ハルノ 115
光の穂 122
時間の形 126
石の中の花 132
初恋 146

第三章　道子さんがいない

同伴者たち 153
サクラの花 158
涙のしずくに咲く 163

「されく」 167

第四章　記憶の渚

保存会の四年 173
天上と海底と 177
道子さん、こーろころ 191
道子さんの「加勢」 198
「悶え神さん」逝く 202
言葉のみなもと 205
道子さん「はい」 212
ふたりの医師 217
せりこみ猫と道子さん 「あとがき」にかえて 229

不知火のほとりで　石牟礼道子終焉記

第一章　二月、道子さんを送る

一輪の花

いま私は道子さんの終焉《しゅうえん》記を書こうとしている。「石牟礼」とひとこと書くだけで思い出がむらがり起こる。「道子」と書くと万感胸に迫って背筋からなにから硬直して泣きそうだ。八方ふさがりである。どこから書こうか途方に暮れる。糸口はないか、ノートをめくり、会話の録音を聞き直してみる。手帳の日記があった、と思いつく。その場その場の出来事を、一期一会、万物流転、諸行無常……そんな思いで書き留めた。フレーズが面倒でも、単語だけでも書いておけば、レンジで解凍するように思い出はよみがえる、という確信があった。病状が悪化した二〇一七年十二月から、ご命日となった二〇一八年二月十日までの、私の日記を以下に掲げる。丸括弧の中は、本書執筆時の私の注釈である。

二〇一七年十二月六日（水）

りんごなど果物類はすりおろして食べて下さい。固形物は危険。水も食事もとろみをつけて。以上、病院より注意あり（道子さんの拠点は熊本市東区の介護施設であるが、当時はリハビリ病院に入院中）。

リハビリでベッド空白。しばし待つ。十六時頃、妹の西妙子《にしたえこ》さんとその友人が水俣から来る。道子さん、妙子さんの友だちに「妙子の将来、よろしくお願いします」と言う。妙子さん苦笑。妙子さん、道子さんのひと回り（十二歳）下である。

十二月十二日（火）

歯みがき中椅子から滑り落ち腰を圧迫骨折、十九日退院予定だったが延びる。

十二月十三日（水）

「塩パンを食べたい」と言う。「喉につまる」と言うと、「塩パンなら通る」と言う。ひとかけだけ渡す。「話のごと固うはなか（固さはウワサほどではない、の意味）」

貧血で検査中。歯の治療は二回目。「カーテンが足りません。玄関のような形にして表札をかけてください」とおっしゃる。「部屋の入り口に名札があるから大丈夫です」と申しあげるが、「迷子になる人がおるかもしれん」と譲らない。

十二月二十日（水）

十四時半からひと眠り。きょう歯医者さんが治療に来て、とても食べやすくなった、と満足げ。体重二十八キロ。三日前から少し米粒のわかるおかゆになった。眉墨を使うが（女性の見舞客に買ってきてもらった）、うまくいかない。

りんごすり、ひとさじ。十七時頃、トイレに行こうとして発作始まる。「寒い」と言う。散髪申し込む。

十二月二十七日（水）

三一〇号室。二人部屋。道子さんは手前のベッド。

靴をはかせるとき、足のむくんでいるのに気づく。

枕元に「腰の骨折っています。なるべく起こさず横になるようにして下さい」の張り紙がある。

「このところ、心ぞうのまわりの肉質がいたい」と言う。

「外は寒い」と言うと、「町に出てみたい」とおっしゃる。

ブタ肉（三枚厚切り）、ダイコン、人参、カボチャ、買ってきてほしいと言う。買ってどうしようというのか。「もう店が閉まっていますから」と苦しい言い逃れ。冷や汗。道子さん何も言わない。

院長「一月十五日に退院」と告げにくる。

「舌がしびれている。発作がくる前にしびれる。もうきてる」と言う。

「吸引してもらいますか」と言うと、「きつか。息ができん」。

道子さん、右手で大きく円を描きながら「地球がまわる」と言う。

めまい、というか幻覚に襲われている様子。

野っぱらの一本道。日暮れになった。ぐるぐる回っている。

地球が回っているみたいに、回る。日暮れの一本道が回っている。

二〇一八年一月十六日（火）

道子さんから話を聞く。一時間余り。

ＮＨＫ京都放送局の取材あり。私も撮影に協力。話を聞いているところの映像、音声を収録。新作能「沖宮」の特集番組の一シーンになるという。

夜、芥川賞、直木賞決まる。

二月七日（水）

阿南満昭《あなんみつあき》さん（一九四七年生まれ、石牟礼道子資料保存会事務局長）、道子さんが入所している介護施設の一階で待機している（道子さんの居室は二階）。妙子さん来ている由。

午後五時ごろ、道子さんの部屋に入る。鼻に管が入っている。酸素吸入。

「そうめんまた食べましょうね」

私は言う。

「はい」

かすれ声。熱が時々三十八度を超える。

映画監督の河瀬直美さんが贈ってくれた奈良のそうめんをしきりに食べたがる。

数日前、介護施設の社長の娘さんが特例でにゅうめん（そうめんを温めたもの）を施設隣の自宅で作ってくれた。このごろ横になっていることが多いが、にゅうめんが来たときは車椅子に移り、お椀いっぱいのにゅうめんを汁も残さず食べた。

施設の事務所に走り、「なんと完食です」と報告。「また作りますよ」と娘さんもうれしそうだ。

妙子さん「明後日からホテルに泊まる」という。

夜中、熱。

二月八日（木）

福岡市・天神の路上にいる私に、作家・池澤夏樹さんより「お悪いの？」と電話あり。道子さんの容態を知ったマスコミから取材があったのであろう。状況をありのまま話す。

昼過ぎ、道子さんを見舞った知人から、「すぐ来た方がいい」と連絡あり。

十二時四十分、池澤さんに「ご危篤です。今から行きます」と電話。

介護施設に着く。渡辺京二さんの姿がない。帰られたという。

午後五時、道子さん目覚める。

「息苦しさはとれましたか？」

「とれました」とはっきり応えられる。

また昏睡。午後九時、顔が土気色になり、息が止まる。私を含めそばにいた者らが「石牟礼さん、息をして！」「道子さん、頑張って！」と声をかける。また呼吸停止。五秒、六秒……。「道子さん、起きて！」と大声で肩を揺さぶる。何事もなかったかのように呼吸が戻る。午後九時四十分過ぎ、落ち着く。

（道子さんのそばで私が「道子ォ、道子ォ、道子ォ」と絶叫していたと、その場にいた妙子さんにあとから言われた。全く記憶がないのはどうしたことか）

一緒に声かけしていた一人が「言葉の力って大きいですね」と小声で私に言う。全く同感であるが、「一人息子の道生さんをお待ちになっているのだろうな」とも思っていた。道生さんは名古屋在住である。妹の妙子さんが「もうすぐ道生が来るよ」としきりに声をかける。道子さんうなずく。

ベッドに近づく。

「わかりますか？」

道子さん、コクンとうなずく。手を握ったら握りかえす。大勢集まっているのが不思議な様子。状況は分かっているが、体が動かないので、もどかしい様子。目をまん丸にしてこちらを見ている。

午後十時過ぎ、渡辺京二さん来る。ステッキ。面会謝絶となった道子さんと対面す。廊下で待っていると、「ありがとう、ありがとう……」と道子さんに懸命に話しかける渡辺さんの声が聞こえてくる。渡辺さんが出てくる。

「大丈夫？　いいの？　おれるの？」

（渡辺さんは米本の妻が神経難病で闘病中なのをご存知である。道子さん危篤の非常事態においても私を気遣ってくださる）

「朝までいます。今、どんな感じですか」

「私がいたってほとんど分からないみたいね。呼吸はね、ハーハー（と真似をする）。いろいろ言ったってね、分かっているか、どうか」

渡辺さんご自身、ハーハーと息あらし。

「最後までやったね。彼女は仕事を。やりとげたよ。投げ出さなかった。えらい人だね。読売新聞の俳句も朝日新聞のエッセイも。どれも出来がいいよ。最後までいいものが書けてよかった。あなたが来たときは話ができたんだね？」

「はい、そうです」

渡辺さん、息あらし。肉体的なものでない。精神的なもの、と見受けられる。

「渡辺さんは大丈夫ですか」

「ぼく？　大丈夫もへちまも……、こんなもんさ」

ハーハー。息あらし。

渡辺さんの長女山田梨佐さん（一九五九年生まれ）「血圧がすこし戻った。手を握ったら手を握り返そうとされるのが分かる。力はそんなにないが。話そうとされている感じ。比較的元気だった時期の状態とそんなに変わらない。みんな来てますよ。部屋に入りきらない。みんなのアイドルですね。すごい人気です……。耳はちゃんと聞こえているのですね。〝なんの集まりですか？〟と言われる。あれ、すごいと思った。いつものちょっととぼけた石牟礼さんが帰ってきた。〝なんの集まりですか〟って」

介護施設の廊下。渡辺さん、梨佐さん、米本ら数人が無言で立ち尽くす。

（梨佐さんが石牟礼さんに初めて会ったのは、梨佐さんが七歳のとき。熊本市黒髪町の渡辺家を石牟礼さんは時々訪ねてきた。石牟礼さんはまだ熊本市に仕事場を構えておらず、宿泊などを渡辺家に頼っていた。幼い梨佐さんは石牟礼さんに親しんだ。ところが、「ある時、たぶん母から、石牟礼さんは親戚のおばさんではないと聞かされてとても驚いた。（中略）ふつうあるべきところに壁がなくて、すっと入ってこられるような。たたずまいや話し方、そしてまなざしだろうか。幼い私や妹をいつくしみを持って眺めてくださっていたと思う」〈山田梨佐「絵本の思い出」、『道標』二〇一八年春号所収〉という）

梨佐さん「何年か前、石牟礼さんが口述になったとき、やめたほうがいいって言った人がいたんですよ。自分で書いているときと文体が変わる、と。そんなのはよけいなお世話であって。書きたい限り。石牟礼さんは書く。石牟礼さんが書いているものは、父に言わせると、同じようでいて違う角度から、いま現在の心境でお書きになるから、結果的に、まったく新しい話になる。なかなか面白いんだよって父はずっと言っていた。晩年の仕事として、すごいなと思って、高齢でしかも病気の中でですよ。あんな人、ちょっといないと思うんですよね」

介護施設より、取材者はいったん引き取ってほしい、と要請あり。「ほかの入居者の方々が敏感になっている。万が一の場合は連絡する」という。施設の看護師が道子さんを夜通し介護してくれる。看護師はベテランらしい悠揚とした態度で、「はい、ゆーっくり息を吸ってください」などと絶えず気を配ってくれている。いったん散開することに決定。午前一時四十五分、「あなたは、泊まるところがないだろう」という渡辺京二さんのご厚意でご自宅近くの書庫用マンションに泊めていただく。寒い。どんな本があるのか見る余裕もなく眠る。

二月九日（金）

朝から介護施設のロビーに待機。昼過ぎ、名古屋から道生さん到着。道子さん、意識があるうちに最愛の息子と会うことができた。介護施設の要請で肉親以外は散開。いったん福岡に帰り、妻の介護。再び熊本へ。熊本城近くのホテルに宿泊。水俣フォーラム理事長の実川悠太さん（一九五四年生まれ）から「石牟礼さん、どうなされたの」と電話あり。どこかから取材があったらしい。「ご危篤」と伝える。迷っている様子なので、来たらよいと言う。

二月十日（土）

午前三時十四分、パーキンソン病による急性増悪のため死去。九十歳。

日記は以上である。

道子さんの臨終時、息子の道生さん（一九四八年生まれ、名古屋市在住）、妹の西妙子さん（一九三九年生まれ、熊本県水俣市在住）、姪のひとみさん（水俣市在住）、大津円さん（一九八五年生まれ、水俣市在住。道子さんの介護経験あり）――の四人が見守っていた。

二月十日午前一時頃、看護師が「近い方々をお呼びください」と独り付き添っている道生さんに声をかけた。ホテルの妙子さんらを呼び戻した。〈打って変わったご様子に一瞬立ちすくむ。「姉ちゃん！」と妙子さんが駆け寄る。ほおが窪んで顎ががくっと落ち、先ほどまでとは明らかに様子が違う〉と大津さんは記す（「石牟礼さんの最期の一つの記録」、『道標』二〇一八年春号所収）。

四人は一心に道子さんに呼びかけた。「お母さん！」と道生さんが叫ぶ。道子さんの目が開き、静かに閉じると、一筋の涙がこぼれた。「はい、ゆーっくり息を吸ってください」と看護師の声かけが続く。

〈腰掛けて診ておられた看護婦さんが、石牟礼さんに穏やかに話しかけていたのと同じ調子で、「呼吸が止まりましたね」というようなことを言われた時、すーっと、何かがすーっと引いて行った気配を感じたが、今思えば、生と死の境目をとても自然に渡っていかれたのだと思う〉（同）

「心臓も止まりました」

午前二時二十分過ぎである。

その後、主治医の診断時刻が死亡時刻となった。
午前六時。ご遺体は近くの神水斎場へ。
午前七時、熊本市東区健軍《けんぐん》の真宗寺の佐藤薫人《ふさと》住職（一九八二年生まれ）が到着した。石牟礼さんは一九七八〜九四年、真宗寺の崖下に仕事場を借りた。寺に始終往き来し、住職一家や修行僧らと親しんだ。一九八四年の親鸞聖人御遠忌に「花を奉るの辞」を奉納。佐藤秀人・先代住職（一九一九〜八八年）死去の折には導師を務めた。縁の深いお寺である。

佐藤薫人住職は安置された石牟礼さんの顔をなでる。「身体にはいまだ魂は残っているような気がした。不思議と石牟礼さんのお顔が笑っているように見えた」という。薫人住職は正信偈《しょうしんげ》を枕経として唱える。住職のうしろで大津さんが手を合わせる。そのうしろで私が首を垂れている。

この日午後、大津さんから石牟礼さんの最期の様子を聞いた渡辺さんは「ああ、それはよかった」と安堵した。〈道子さんは多少息が荒かったものの、苦痛を訴えることはなく、いわば安らかに逝かれた。それが彼女の私への最後の贈りものだったのだ〉（渡辺京二「石牟礼道子闘病記」、『預言の哀しみ　石牟礼道子の宇宙Ⅱ』所収）

石牟礼さん作のキツネの物語「しゅうりりえんえん」の最初の読者が薫人住職である。

「しゅうりりえんえん」は石牟礼さんが寺の本堂の大きな机で書いた。薫人さんは幼い頃、道子さんの執筆を間近で見た。石牟礼さんは書き上げたばかりの「しゅうりりえんえん」を薫人少年に読んであげたのだ。

子供心に「どこか抜けていてかわいらしい人」と思っていた。その少年がいまや住職となって道子さんに御経をあげている。ラグビーで鍛えた肉体から発する声は晴朗である。

道子「遺骨は海にまいてください」

妙子「届けがいる」

道子「黙っとけばわからん」

そんな会話があったと妙子さんが明かす。

「釋尼夢劫」。真宗寺での得度の際、石牟礼さんがみずからつけた法名である。薫人住職によると、「夢劫」は「むごう」と読む。人間の生死を超越した夢のような長い時間、というイメージである。渡辺京二さんは「むこう」だと思っていたようだ。石牟礼さんを論じた『夢劫《むこう》の人　石牟礼道子の世界』（河野信子・田部光子著）という本もあることから、私も「むこう」だと思っていた。

二月十一日（日）の通夜と十二日（月）の葬儀は真宗寺でいとなまれた。棺には石牟礼さん愛用の紺色の着物をかけた。祭壇には石牟礼さんが好きだったツバキの花を供えた。

通夜にはパーキンソン病を患う元熊本日日新聞記者の久野啓介さん（一九三六年生まれ）も姿を見せた。水俣病闘争初期からの知友である。不自由な体を懸命に運ぶ久野さんを見て、「ありがとうございます。お体が悪いのに」と道生さんが涙ぐむ。

佐藤薫人住職が「石牟礼さんの肉体はこの世の生を終えたが、魂は石牟礼さんの文章に宿り、永遠の命を得た」と述べた。酒やオニギリが出た。「オマエのようなひよっこに石牟礼道子の何がわかる」と言わんばかりの顔に何度も出くわす。古くからの石牟礼さん親交者の中で新参者の私は頭を垂れ、酒をついで回るしかない。

漁師の緒方正人さん（一九五三年生まれ）の真向かいに座った。著書『チッソは私であった』で知られる。「石牟礼さんの涙雨ですねー」と緒方さんは言う。朝から雨が降る。

緒方さんは、石牟礼さんの「ずれ」について話した。緒方さんも石牟礼さんも「わがまま」なのだ。「〝わがまま〟とは〝我が、まま〟どうしようもない自分。自分のまま、そのまま、ということ。探究心。より深く、強く見ようとするから、世の中と、ずれる」と言うのだ。水俣病をめぐって長い苦悩をへた人の思念を凝縮したような言葉である。

忘れないうちにメモをする。隣から「ふーっ」というため息が聞こえた。水俣フォーラム理事長、実川悠太さん。「石牟礼さんがいなくなって、世界がつまらなくなったね」と言う。私も同じことを感じていた。体を支えるものがなくなってしまって、事物がふわふわと頼りない感じ。一切は虚無なのか。幻なのか。そんな問いが自然と出てくる。絶望という言葉をリアルに感じる。

実川さんは「（水俣フォーラムなどの活動を）やめちまおうか。やめてもだれも困らないものな」とやけ気味に私を挑発してくる。母親にダダをこねているような実川さんの顔をじっと見る。私ごときに救いを求めるほど気持ちが弱っているのか。やめちまおうか――高校生の頃から患者さん救済の座り込みなどに参加しているタフな実川さんをしてそう言わしめるものは何か。「喪失感」という言葉がそらぞらしい。喪失というより主体そのものがスコーンと抜けた感じ。たしかに何もかもやめたくなる。

二人、しょぼくれて肩を落とす。目の隅に華やかなものの気配を感じて、私は顔を上げる。橙《だいだい》書店の田尻久子さん（一九六九年生まれ）が作家の坂口恭平さん（一九七八年生まれ）と一緒にいる。姉と弟のようである。田尻さんは、できたばかりの『アルテリ』第五号を見せてくれた。渡辺京二さん主宰の文芸誌。石牟礼さんは毎号寄稿している。「できるのがあと一日早ければ」と田尻さんは残念そうだ。「まるで遺書のようなんです。石牟礼さん、やっぱりすごい」と言う。

「夕焼（一九七二年）」と題する石牟礼さんの詩が巻頭に載っている。

〈ほんとうに／うたうべきときがきた／さようなら〃空が燃える／空が燃えるから／ああ燃えているから／さようなら／さようならをいうと炎があがる／ほそいほそい声でうたを／さようならをうたう／すると　わたしが発火して燃える／さようなら〉

葬儀には銅版画家の秀島由己男さん（一九三四〜二〇一八年）の姿もあった。道子さんの七歳下。七十年近く、姉弟のような交わりを続けた。四年ぶりに見る秀島さんはすっかり腰が曲がり、歩くのが大儀そうだ。

佐藤薫人住職は「ここに於いて　われらなお　地上にひらく　一輪の花の力を　念じて合掌す」と「花を奉るの辞」を読み上げた。

「まるで母の演出のようです」と道生さんが喪主挨拶で述べた。朝の烈しい雪はやんでいた。「母の誕生日が三月の十一日でありまして、もうひと月頑張れば、九十一歳を迎えるところでございました。（ヘルパー兼秘書の）米満公美子さん、渡辺京二先生、みなさんのお力がなければ、母は生きていくことができなかった。遺影は、母がものを書くということに集中できた頃で、穏やかな顔をしております」と語って涙を流した。

葬儀が終わり、石牟礼さんを乗せた車が出発した。渡辺京二さんが手を振って別れを惜しむ。車が見えなくなるまで手を振るのだった。さようなら、さようなら……。

神に嘉された人

葬儀の後、午後一時二十五分、渡辺京二さん宅へ行く。

喪服から普段着になった渡辺さんは淡々としておられた。途中から作家の髙山文彦さん(一九五八年生まれ)も加わった。渡辺さんの話に耳を傾ける。

……ひまになったな。失業した。一日が長い。もう道子さんのところに行かんでいいでしょう。五十年で初めてだからなあ。五十年一緒におったからなあ。

……やさしいばかりの人でなかった。米本さん、あなたにはやさしかったか? だけど実際は、ホントはね、夜叉みたいな人だったんだよ。若いときのノートを読んでみたら分かる。

……道子さんがいた介護施設から二週間で遺品を片づけてくれと言われている。なんでこんなものとっとくのか、と思うものがたくさんある。たとえば茶筒の中にいっぱい輪ゴムが入っとった。ま、輪ゴムもいるだろうばってん、なんで茶筒いっぱい入っているのだ。そういうふうに独自の分類がありましてね。ほかには、ボールペンと鉛筆を集めて、ゴムでしばっている。そういうのを見ると胸にこたえる。つらい。

……紙、包装紙、捨てないんだよ。箱。捨てない。女の子が集めるようなものを集める。あれが、かわいらしかった。集めて、捨てない、かわいらしいところ、それが、彼女の本質なんだね。この世に、苦しみに生まれてきた一面もあるかもしれんけど、遊びに生まれてきたんですよ。おままごとなんだ。米満公美子さん（一九五六年生まれ）がきのうもきょうも来なかったね。おとといの晩、玄関までちょっと来てなー、〝遊び相手が亡くなりました〟と泣いていかした。

……あなた（米本）はアローに行ったかなあ。（いいえ、それが……）一度行ってみるといいね。マスターがきょう私の隣に座っとったけどね。とにかく、あの店は狭いコーヒースタンド。開店したのが昭和四十四年でね、ぼくは昭和四十五年に東京から引き揚げてきたからね、開店して半年くらいだった。ずっと行き始めて、ぼくは『熊本風土記』を出したけど、事務所を持たないから、事務所代わりとして大変世話になった。石牟礼さんも世話になっとったい。石牟礼さんは最初のうちは熊本市に仕事場がないからね。マスターはきょう、花持って来とったけどね。花はお断りということにしていたから、困った。私が棺の上に載せてやった。よかった。小さな花束いただいた。ありがとう。石牟礼さんに思いをかけてくれた人はたくさんいてね。彼女の人徳だろうな。俺なんか及びもつかん。

……あなた（米本）は道子さんの家系は知っとるね？　天草のほうの、いっぺん調べてみたんだ。お寺の過去帳を写してきている。それは見てないだろう。ぼくが系図つくっているの。保存会にあるけどね。今度、コピーでもとってあげようかね。天才が出てくる出方っておもしろいね。どういうことなんだろうと思うね、天才というのはね。親にこういうのがおって、きょうだいにもこういうのがおって。その中でもとくに突出しとった、というのならわかるけどね。そうじゃなくて、親もきょうだいも本を読むような人ではないからなあ。

……道子さんは十八、十九のときから書いているからね。万葉なんかもね、昔は学校教育も古文とか短歌、俳句とか、いまより、もう少し教えよったわけたい。彼女は実務学校行っているから、実務学校というのは女学校とは違うけども、それに準じた教育しよったから、初歩的な国文の教育を受けているのです。あとはやはり自分で古い歌集を読んだり、ちょっと古典を読んだり。あの人はちょっと読むと自分のものにできるんだよ。本の読み方もね、始めから終わりまでずっと読んだのは高群《たかむれ》逸枝さんの『女性の歴史』ぐらいじゃないかな。たいていは、真ん中読んで、うしろ読んで、初め読むみたいな、ね。そういう読み方しかできないんです、あの人は。伊藤比呂美さん（一九五五年生まれ）がそうだって。始めから終わりまでずっと読めないのよ、という。それは道子さんと同じ。

……そして、共産党時代、学習文献指定される。ちっとは勉強しようと思ったんだろ。当時、新書版でコンスタンチーノフ。ソ連の御用学者たい、『史的唯物論』って、四分冊くらいあった。ノートに「コンスタンチーノフ『史的唯物論』」って題名書いてある。あと一行も書いていない。一ページ読んだだけで、あのマルクス主義の、しかもマルクスやエンゲルスの文章ならいいけどさ、ソ連マルクス主義の教科書みたいな公式の文章、一行読んで、これはだめって。ついていけなかったんだよ。要するにあの人の読書というのは、これはだめならだめとなる。そうかと思えば、彼女の文章にダーウィンが出てくる。もちろんダーウィンは読んでいない。『女性の歴史』に出てくるダーウィンの話を使うわけだ。オーソドックスな読書じゃないんだけど、自分なりの読書をする。本は読んどらん、読んどらんというけど、それは忘れとるんだな。若い頃の日記を読んでみたらな、いろいろ本の名前が出てきます。そういうのをお調べになるといいね、どうしてああいう才能が生まれたか、多少はつかめるのじゃないかな。

……あの人は神様からひいきされていた。あれだけの才能、多方面の才能ですよ。多方面の才能と、わがまま通していいよお前は、と神に嘉《よみ》されていたんだよあの人は。自分では不幸だと思っとったけど。あんなに神に嘉された人はいない。

録音した渡辺さんの話を文字に起こしながら私は、道子さん逝去から数日の、渡辺さんの様子を思い浮かべていた。通夜も葬儀も、その前の打ち合わせの場も、とにかく始終淡々としておられ、通夜、葬儀となると長年親しんだ大勢の人がキーパーソンの渡辺さんに押し寄せてきて、久闊の挨拶や、お悔やみを述べるのだったが、いちいち丁寧に礼を返し、相手との距離感をわきまえた対応に乱れはなかった。

石牟礼道子さん死去という、渡辺さんにとってはおそらく大地が消えたにも等しい事態に、渡辺さんが心身ともに崩れるのを周囲は心配した。ご本人もそれは十分にわかっていて、平静に平静にと、必要以上に気丈に振る舞っておられた、ということはあったと思う。

渡辺さんの談話の次には石牟礼さんの談話を再現しておこう。先の日記の二〇一八年一月十六日（火）の項に「道子さんから話を聞く。一時間余り」と書いた。このときの「一時間余り」の内容を書く。病気が重篤のはずなのに、「一時間余り」も話を聞くとはおかしい、と思う人がいるかもしれない。しかし、日記を仔細に読めばわかっていただけると思うが、道子さんの場合、一日二回程度襲ってくる発作のとき以外は、比較的安楽に、机に向かったり、食事をしたりして過ごすことができたのだ。

この日、二〇一八年一月十六日はＮＨＫの取材が入り、道子さんは久しぶりに朝から気力が充実していた。普段は着ない外出用の服を着て、唇に紅までほどこし、顎を引いた顔つきはきりりと締まり、髪もカールしてもらうなど、普段の道子さんからだんだんと〝石牟礼道子〟になっていく様は圧巻であった。俳優の石原裕次郎夫人の北原三枝さんが、「家の中では普通人の夫が、ドアを開けると〝石原裕次郎〟になって出てゆく」という意味のことを語っているが、まさに石牟礼さんだと思った。一種の演技なのである。ずっと身近にいた渡辺さんの話に耳を傾けよう。二〇一八年十一月に聞いたものだ。

「デビューしたての頃、石牟礼さんは〝童女ふう〟で、左派の大学知識人にモテモテだった。〝童女ふう〟というのは一種のカマトトということでね、つまり彼女は演技する人でもあった。若い頃から見てごらんなさい。道子さんの写真はどれもスターのようにサマになっているでしょう。テレビの取材クルーなんかみんな泣きながら道子さんの話を聞いたものです。彼女は舞台女優になったら大女優になった。新劇の杉村春子に負けないような女優になったことでしょう。演技本能があるのですよ」

準備万端整ったこの日の道子さんは、腹の底から声が出ている感じで、二、三カ月前の体調が良好なときに戻った感があった。パーキンソン病といっても症状は人それぞれで、RKB毎日放送の名物ディレクターだった木村栄文《ひでふみ》さんは滑舌の悪さをカバーしようと口の中に食パンを詰めるなどの工夫をした。道子さんのパーキンソン病は滑舌には影響なく、発音は常に明瞭、鼻にかかった独特の甘い声は健在だった。

生類の色

二〇一八年一月十六日の対話は、京都の染織家志村ふくみさん（一九二四年生まれ）とのコラボレーションで上演される新作能「沖宮」の話題が中心である。なお、この対話の一部は、ＮＨＫ・ＥＴＶ特集「ふたりの道行き『志村ふくみと石牟礼道子の〝沖宮〟』」（二〇一九年一月十九日午後十一時放送、同二十四日午前〇時再放送）で全国に流れた。

石牟礼さんの話の聞き手として私も数分間映っている。私の質問と石牟礼さんの答えがかみ合わない部分もあるが、ありのままを掲げる。「かみ合わない」というのはいかにも石牟礼さんらしい。死去の二十五日前。石牟礼さんの生涯最後のインタビューとなった。

◇

（二〇一八年一月十六日午後、熊本市東区の介護施設で）

石牟礼「あやに着せる衣装は緋《ひ》の色でなければならない。その緋の色を志村ふくみさんに染めてもらっていただく。それは沖宮から生まれる生命の秘花になる。筑摩書房から出された『遺言』に発表しました。土器屋泰子さんとの最後の仕事になってしまった」
米本「土器屋さんは石牟礼さんの本をたくさん出している編集者ですね」
石牟礼「なぜそういうことになったのか。志村ふくみさんとの往復書簡で述べているが、そもそもは水俣病にかかわりはじめてから日本の近代を考えざるを得なくなった。文明とは何か。人類の行く末はどうなるのか。日本のみならず民族の情念はいったいどこへ行くのか、ということです」
米本「いったい、どこへ、行くのか」
石牟礼「私は自分で書いとってわからん。人類と言わず、民族の……生類《しょうるい》は……」
米本「人類と言わず生類と言わねばならない、と考えるようになったのですね」
石牟礼「うん」
米本「生類という言葉は石牟礼さん独特の」
石牟礼「はい」
米本「言葉で」
石牟礼「言葉ですね。はい。人類愛とは言うけど、そうすると、足らんですよねー」
米本「足らん。はい」
石牟礼「それで生類という言葉を思いついて、つくりあげたんです。陸上のこの世にあって、よさそうなものを」
米本「緋の色というのは、石牟礼さんがつくってくださいってお頼みになったのでしょう」
石牟礼「はい」
米本「志村さんでないといけないですか」
石牟礼「志村さんは草木染めでお染めなさいます。草木染めというのは天然の草や木、ですねー。栽培したのではなくて。そうすると、海に目が行く。山にも目が行く。それから、海岸線、これには書いていませんけど、夕べから考えて」
米本「さっきの生類というお話とつながりますね」
石牟礼「つながります。草木染めということに。はい」
米本「いま、しんどいでしょう。横になりますか」
石牟礼「いま、考えついたときに言うておきます」
米本「言うてください。お願いします」
石牟礼「まっさきに思い浮かんだのは生類の中に、海辺で遊んでいるビナ類、ビナというのは貝類です。マテ貝やハマグリやアサリや。潮が引くと海辺に遊んでいるそういう貝たちが、遊んでいる、というのは動き回っているんですよ、あの、岩のあいだを。岩のおもてにも、岩の陰にも、ビナ……動く巻き貝たち……巻き貝のたぐいがいっぱい、出て遊んでいます、潮が引くと。そして、人が行くと、気配を察して、ごろごろ落ちて……」

米本「そうか、生類ということで、志村さんの緋の色とつながっているわけですね」

石牟礼「つながっています」

米本「草木染めでないといけないのですね」

石牟礼「貝類、巻き貝たちが遊んでいる様子をまだまだ大丈夫ですから、水俣の海辺で遊んでいる。ぜひ映像にとっていただきたい。街の人たちは知らないと思います。水俣は、私の家はいまでもあるんですけれど、水俣川の一番河口の、一番終わりのほうの海と合流する川。温泉地帯が山の奥にあります。

そこから始まって、小さな小川だったのが、だんだん途中の集落や畑や、そのそばを通って、それからかわぐちへ行って、一番河口にあるんですよ、私の家が。私も、ビナたちと一緒に遊んでいました。

そうすると、人の足音がすると、あの、どういう聴覚をしているんだろうと思いますけど、一斉に逃げようとして、逃げ回るんですねー。そして、遠くに、十メートルも離れたところにいる貝たちにも聞こえて、何か合図をするに違いない。そうすると、一生懸命に逃げ回ります。それがとてもかわいらしい」

米本「渚にはお父さん（亀太郎さん）とよく行かれたんでしょう」

石牟礼「はい。父が連れて行きよりました。うちには、わが家の歴史の思い出があるんですよねー。海辺になぜ行くかというと、わたくしの家はかわぐちに近づくほどに、舟が一艘残《そう》っていました。それが潮が引くと出てくるんですねー。舟全体の骨組みが。そうして、いつも、水分を吸って、かわぐちにデンと座っているんです。

そして、だんだんなくなっていくんですねー。潮は、一日のうちに行ったり来たり、陸上に近い波打ち際の、岩のあいだに、出たり入ったりしているでしょう、潮が。それがだんだん壊れていく。毎年、壊れていく。最後の一隻だったんですよ。よっぽど大きな舟だったに違いない。それで、舟の骨格がだんだんなくなっていく。そのあいだにもビナたちはそこにも登って、いるんですよ。そして、そこからぱーっと落ちる。そうすると、さまざまな陸上の様子もわかります」

米本「舟というのは石積の舟」

石牟礼「石積舟。はい」

米本「（石工の棟梁だった）道子さんの家の石を積んでいた？」

石牟礼「うちの舟。石だけでなくて、道具も積んでいた。なんの道具かというと、道つくりの、道具ですよ。人間も乗せて行きよりました」

米本「石牟礼さんも学校に行くときは舟に乗っていたでしょう」
石牟礼「学校に行くときは舟に乗っていました。渡し舟に」
米本「第一小学校？　実務学校？」
石牟礼「第一小学校」
米本「第二小学校から第一小学校へ転校してから、舟を使うようになったのですね。舟は身近な乗りものだったのですね」
石牟礼「身近な乗りものでした」
米本「沖宮も海の話だし、やはり、海は石牟礼さんと離せないですよね」
石牟礼「離せないです」
米本「亀太郎さんが棒を落としたらぴゅーと出てくる。そんな貝もおったでしょう」
石牟礼「それはマテ貝という貝。特殊な貝。アサリやハマグリは、ただ砂を掘れば、どろんこどろんこいるんですけれども、深さがあるんですねー、貝によっては。貝の解剖図というのは聞いたことがないけれども、解剖図にしてだれか研究しないかなあと思います。だけど最近は海辺で遊ぶ子供たちもいなくなったし、ただ、貝類だけじゃなくて道具だけじゃなくて、人間も一番たくさん天草から、町の海辺に、渡ってくるのは、あぼたちといわれる、青年たちでした。青少年。天草では仕事がありませんから、仕事はあるけれども家族を養えるだけの給料じゃないんですよねー。あぼたちというのは、十五、十六から、中学校を卒業したかせんか、の年頃から、ハタチくらい。二十五、二十六歳までの年頃の男の子たち」

米本「あぼ?」

石牟礼「あぼって言われてました。青年たちのことを」

米本「栄町のおうちにおった石工見習いの青年たちのことですか」

石牟礼「はい。そうです」

米本「天草の〝石工の里〟下浦から来るわけですね。下浦は石牟礼さんの祖父吉田松太郎さんの出身地でもありますね」

石牟礼「海を渡って来るわけです」

米本「松太郎さん率いる吉田組がチッソの港をつくった?」

石牟礼「チッソの港もつくったし、わが家ではとても大切にして、あぼたちを。天草では男の子は石工ですけど、女の子は子守奉公にされました」

米本「あー」

石牟礼「男の子は、石工奉公に出されてわが家のようなところへ、泊まりに来て、あの、それで一週間にいっぺんくらいは、あの、飲み会になるんです。そうすると、箱膳というのをわが家ではつくって、そのあぼたちに、さしあげるんですよねー。箱膳というのは、引き出しのついた、お膳です。普通のお膳よりもちょっと価格が高い。特別待遇で。そうすると、私の父は、なんというか、えくらうんですねー。一番最初に」

米本「えくらう、というのは」

石牟礼「酔っ払うこと」

米本「酔っ払う」

石牟礼「酔っ払うんですよ。そうすると、かねては謹直そのもの」

米本「謹直、真面目というか」

石牟礼「真面目」

米本「厳格なお父さんが酒が入ると人が変わる」

石牟礼「うちにくるお客さまは、浜という地名がいまでも残っていますけども、あの、源光寺というお寺がありまして、源光寺は町の中心、といっていい」

米本「お父さんは酔っ払うと歌のひとつも出るでしょう」

石牟礼「歌うんですよ」

米本「歌う！」

石牟礼「それが、まあ、なんと」

米本「上手なんですか」
石牟礼「いいえ、もう」
米本「調子が外れている」
石牟礼「外れも外れ。顔つきまで変わってくる。実に楽しそうに、調子っぱずれの、どんな世界的な作曲家が作曲しようと思っても、絶対に二度と出せないような声で、世界音痴大会に出たら、世界一だろう、と思っていました」
米本「あぼたちは喜んだでしょう」
石牟礼「あぼたちはみんな、目の前の箱膳をはねのけて、畳の上を転がって、畳をかきむしり笑い回っていました」
米本「すごい、すごい」
石牟礼「顔が、変わるのがねー」
米本「うーん」
石牟礼「あの顔を思い出して書こうとするけれども、どの表情がいいのか、めったに書けない。とろっとした、なんというか、写真があればいいんですけど、一枚もないの」
米本「お父さん、亀太郎さんの棟上げの写真があります」
石牟礼「棟上げの写真に、ちょっと片鱗が。うれしそうな顔をして写っていますね」

米本「チョッキを着ておられる」
石牟礼「チョッキを。父は、ハレの日にチョッキを着ていましたねー」
米本「道子さん、弘さん夫婦の家をつくったときの写真でしょう。家を建ててしまうんだから、すごいですよね」
石牟礼「家ちゅうか、小屋です」
米本「小屋ですか」
石牟礼「小屋ですねー」
米本「家の材料はどこから調達してくるんですか」
石牟礼「水俣川が氾濫すると、家の材料が流れてくる」
米本「流れてくる木を乾かして」
石牟礼「それを四、五年、雨風にさらして。ビナたちが遊んでいる、岩のあいだの、なるだけ潮が、大水のとき潮があふれますから。それで、集めやすいんですよ。いろんなものが流れてきます。上流は大災害、下流は幸運の日。なにかよかものが流れてせんどやろうかと思うて。待っているんですよ、下流では。上流の、なんていうか、大水害が起きた、家が一軒壊れながら流れていったり。人も流れていったり」
米本「あぼたちとかお父さんの話とか、お聞きしていると、生類そのものという感じです」
石牟礼「はい」
米本「世界が」
石牟礼「はい」
米本「そのまっただ中で道子さんは大きくなった」
石牟礼「それで、寝ているときに、畳が浮きあがって、おふとんも、着ているふとんも浮きあがって、潮で、その上流の大氾濫を如実に示して」
米本「あー」
石牟礼「水の氾濫のことで水俣川の歴史を書いてもいい」
米本「ああ、そうですね。その話を聞くと、道子さんの家が、川の近くだということがよくわかりますね」
石牟礼「畳も端っこにいると、こう傾いて」
米本「傾いて」
石牟礼「はい。なかなか下へおりられないですよ。下は、大水をなんといいますかね」
米本「洪水」
石牟礼「はい。おりるのはむずかしい。下は五十センチくらい、ふだんと違う水位になっています」
米本「まだ大丈夫ですか。横になりましょうか」
石牟礼「まだ大丈夫」
米本「お能の話、させてください。新作能『不知火《しらぬい》』と『沖宮《おきのみや》』に込めた思い。違いはありますか」
石牟礼「違わないです。むしろ一緒にしたほうがいい。大きくなってからの名前は、いまここまで出てきているんですよ、なんでもないときはすらすら出てくるのに。やっぱり緊張するんですね。いま出てこない」
米本「水俣病患者さんや生類への思いから新作能の発想が出てきたのですか」
石牟礼「最初はそうでしたけど、潜在的にはあったと思います、私の中に。私の中に、根底的にあったもの。男とおなごはべーつべつという、おもかさまのひとりごと、歌、物語、ぜんぶ含めて、表現として、表現したいと思っていました。私にもうつりまして、おもかさまの言葉が、私はそれを考えるために生まれてきた、という気がします」
米本「おもかさまの言葉が道子さんの中で」
石牟礼「育っていったんです。水俣病とは、切っても切れぬ縁があり、それで、いまになって思うんですけど、胎児性の患者の症状と、私のいまの症状はそっくりです」

米本「似ている」
石牟礼「はい。私も水俣病じゃあなかろうかと思っています」
米本「石牟礼さんが思いをおかけになった胎児性患者と同じ症状なんですね」
石牟礼「はい。『苦海浄土』三部作を書くのに五十年もかかった。そういう作家、いないでしょう。文壇に登場するというようなことは、一度も考えたことがない」
米本「文壇とかそういうことではなくて」
石牟礼「はい」
米本「道子さんにとって大切な表現は文壇とは関係のないところにあるんですね」
石牟礼「はい、はい」
米本「その原点がおもかさま」
石牟礼「はい」
米本「新作能『沖宮』で一番表現したい、この世にあらわしたいというものは、その原点から生まれてきたものなのですね」
石牟礼「はい」
米本「それを言葉にするなら、なんだと言えますか」
石牟礼「ビナたちの遊んでいる姿、その一粒が転げまわっている。なにか言っているに違いないですよ。遠くまで聞こえるんですから。どんな耳をしているんだろうと思います」
米本「はかりしれない小さないとなみの世界。つながり」
石牟礼「はい」
米本「それが『沖宮』に込められている世界」
石牟礼「はい」
米本「大きなものであり小さなものである。その両方が入っている」
石牟礼「はい。よく聞こえるなあと思います。今、人間が来よるぞ、って。人間じゃない、なにかの精が、精霊たちが」
米本「精霊たちが」
石牟礼「なんて言っているんだろうな、逃げろって言っているんですね。なんて言っているんだろうと思います。なにか言っているに違いないです。そうしないとあんなにころころ転がって逃げるはずがない。道、道、おめきながら、逃げろって言っているのかな」
米本「石牟礼さんが書いてきたのは、そういう命のいとなみ」
石牟礼「はい。命の声ですね。落ちる声、音がするんです。あんな小さいのに。アワビも大きなのと小さいのがあるでしょう、アワビはご存知ですか。食べなさったことがある？もっと小さなものたちが、形もさまざま、そして、柱を持っています」

米本「五十年かけて沖宮を出す意味は、すごく大きなものがあるんですね」
石牟礼「逃げる姿がかわいらしいですよ」
米本「そこに原点があるんですね。おもかさまの言葉と」
石牟礼「おもかさまが雪の日に、おとことおんなはべーつべつって、言いながら、外へ出ていくんですよね。人が寝静まった、雪の降る晩に。雪が降っているし、私もついていくんです。家の者たちは寝静まって、いない。家の裏は田んぼだし、春になるとレンゲ草やタンポポやツクシや、いろいろ草も、そういう野性的なものが、栽培した野菜じゃなくて、春の草がいっぱい芽吹きます。そして晩には雪が降る」
米本「おもかさまの言葉をずっと考えてらしたんですね」
石牟礼「おもかさまも妣《はは》たちの一人でしょうからね」
米本「その考えが結実したのがお能の『不知火』であり『沖宮』であるといっていいですか」
石牟礼「はい」

◇

二〇一八年二月十三日、新作能「沖宮」熊本公演実行委員会が熊本市で発足した。

総勢約二十人。委員長は元熊本日日新聞記者の松下純一郎さん（一九五四年生まれ）。石牟礼さんの元番記者である。石牟礼さんが十日に死去し、十二日に葬儀がいとなまれた。葬儀の翌日にもかかわらず、実行委結成の運びとなったのは、渡辺京二さんが呼びかけているのを、みんな知っていたからである。なぜいま結成するのか、採算はとれるのか、などの疑問は一切出されず、みんな当たり前のように実践手続きの打ち合わせに入った。公演に向けて動くことが、喪に服することであり、残された者が最初にすべきことだと、メンバー全員が理解していたのだ。

実行委メンバーになった私（あなたも実行委に入ってくださいね、と石牟礼さんから言われていた）の頭には、まず「弔い合戦」という言葉が浮かんだ。「弔い合戦」というからには闘う相手があるはずだが、思い浮かぶはずもない。当面、「反近代」もしくは「近代とは何か」という旗印を胸に秘めておけばよさそうであった。

「沖宮」は死と再生の物語である。干ばつに苦しむ村のために、雨の神・竜神への人柱《いけにえ》として、天草四郎の乳兄妹あやが選ばれる。緋の衣をまとうあやは舟で沖に行く。稲光とともに雷鳴が轟く。天青《せいてん》の衣の四郎があらわれる。妣なる国・沖宮への道行きが始まる。

道子の「母」と「妣」の使い分けに留意すべきである。通常の意味の「母」に比べて、「妣」には常世につながっていく集団的な、代々の受難する女性たちの総称——という意味がある。
「沖宮」の、石牟礼さんの分身あやの衣装の緋色は「すべての生類につながる色」（石牟礼道子）。天草四郎の衣装の青系統のみはなだ色は「得もいえぬ天上の色」（志村ふくみ）である。緋色もみはなだ色も、石牟礼さんからイメージを伝えられた志村さんが草木で染めたものだ。天然の草木は、人間を含めた生きとし生けるもの、生類につながる。石牟礼さんが私のインタビューで語っている通りである。

石牟礼さんと志村さんは、近代と前近代のあわいを見つめながら、緋の色とみはなだ色に根源的な問いを込めた。この世とは何か。生きるとは何か。石牟礼さんは亡くなる十日前に「村々は／雨乞いの　まっさいちゅう／緋の衣　ひとばしらの舟なれば／魂の火となりて／四郎さまとともに海底《うなぞこ》の宮へ」と口述している。石牟礼さんの並々ならぬ思いが伝わり、志村さんは覚悟を新たにしたという。石牟礼さんが志村さんに「沖宮」構想を打ち明けてから七年がたっていた。

石牟礼さんと志村さんは次のような会話を交わしている。

〈石牟礼「沖宮に行くのは、死にに行くんじゃない。生き返るための道行なんです」／志村「ああ、そうか、よみがえる母たちの宮……」／石牟礼「生き返るときの色」（中略）志村「よみがえりの色だったのね。やっと分かりました」〉

「沖宮」熊本公演は二〇一八年十月六日、熊本市中央区の水前寺成趣園《じょうじゅ》能楽殿で開催された。薪能である。台風の直撃を免れたが、曇天が広がり、時折雨がぱらつく。

能舞台は出水《いずみ》神社から池をはさんで正面にある。火入れ。舞台両脇で炎が上がる。虫が飛び交う。石牟礼さんと志村さんがしきりに口にする「生類」という言葉が浮かぶ。なにかが演じられているというより、観ている人たち、それを包む木々や虫たちすべて、ひとつながりの生類である、と思えてならない。

〈シテ「そもそも沖宮と申ししは。魂の秘花をあらはして」／地謡「生きとし生ける命らの。大妣君《おおははぎみ》にましませば」〉

風や木の音。市電、救急車の音。ちょうど上空が旅客機の飛行路となっていて、数分おきに、能楽殿の音曲がかき消されるほどの轟音に見舞われる。だが、不快に感じないのが不思議なくらいだ。あの音もこの音も木々や虫たちとひとつながりの森羅万象、と自然に納得している私がいる。

九歳の豊嶋芳野が演じるあやの存在感が格別だ。伝統を踏襲したつつましい挙措のひとつひとつにけなげな思いが込められ、舞いがかわいらしく切ない。「兄《あん》しゃまー」と声を出す。亡霊となってあらわれた天草四郎を見つけた。みっちんと呼ばれた幼い道子もこんな声だったのだろうか。「兄しゃまー」。深く魂を揺さぶるこの声をこれから忘れることはないだろう。

ごーん。空を圧する飛行機の爆音である。道行きの舞台に没入している私には、近松門左衛門『曾根崎心中』の鐘の音にしか聞こえない。曾根崎の森へ、死出の道行き——。二人が歩み始めると、寺の鐘が、ごーん、と鳴る。

四郎に導かれたあやが、竜神のもとに赴く。

〈地謡「むごきこの世を離れて今は。浄土の海の光の凪《な》ぎに」/竜神「神高き姫ぞ愛《もぞ》らしや」/地謡「命の秘花はよみがへり。生死のあはひ。まぼろしのえにしに」〉

冷たいものの気配にあたりが包まれた。雨が降り始めたのだ。けっこう大粒なのに、観客は身じろぎもせずに舞台を見つめている。雨乞いの物語で、竜神のもとに人柱《いけにえ》の少女が向かう途中、本当に雨が降った。

「『沖宮』の薪能、どうお感じになりました?」

「うん。ひとつはやはり環境がよかったのですよ。周りが森だったでしょう。巨木があってね、まっ暗闇でしょう。そこへあの能舞台との、雨、風にさらされた能舞台だからね、非常にかんさびた(神さびた)というか、そういう舞台だったでしょう」

渡辺京二さんの感想を聞いたのは、二〇一八年十一月二十一日である。

「能楽、もちろん地謡ね、地謡の声、地謡の声というのは比較したらちょっと変な話になるけども、グレゴリア聖歌みたいなものなんだよね。日本のグレゴリア聖歌というかね。あの地謡はね、一種の音楽なんです。そして、鼓があり、笛があるだろ。あの音楽性というのは、能の音楽性というのは格別です。とくに周りがまっ暗闇で、巨木に囲まれた森だったからね、みんな寄ってきていたような感じがした」

「つまり、感覚が。能楽堂の前に。椅子を並べて座っている観客だけじゃなくて、周りの森にね、いろんなものが寄ってきているような感じがする、したわけよね。そこがよかったんじゃないですか」

「能の一種の音楽がね、ああいう地謡や鼓の音や笛の音。そして舞台で舞っている人々。それを観に寄ってきた、というふうに感じさせるような、そういうのがよかったんじゃないの。だから、劇場の中の能舞台でやると、もう少し、台詞が聞き取れたのかもしれないけれど、しかし、ああいう薪能、夜にやる、しかも周りが森だっていうことが、深々とした、沈黙の森だったということが、よかったんじゃないでしょうかね」

「生類という感じでした？」

私は聞いた。

渡辺さんがうなずく。

「うん、まあ、なにかいっぱい来ておるような気がしたね、周りにね。ぼくはそういったものは信じないほうだけど、でも、感じとしてはさ、みんな寄ってきてね、観ているような気がしたね」

第二章　かけがえのない日々

熊本地震

本章では亡くなる時までのかけがえのない日々について触れたい。

二〇一六年三月十一日、石牟礼道子さん八十九歳の誕生日。

「もしもーし」

米国・カリフォルニア州在住の詩人、伊藤比呂美さんからお祝いの電話がかかる。

「今年も五月の連休、おじゃまします。お顔を見に行きますよ」

伊藤さんの変わらぬ張りのある声が受話器から響いてきた。

「あら、楽しみですね。田舎料理をごちそうしますよ」

石牟礼さんが応じる。

前年の夏、伊藤さんとエッセイストの平松洋子さんを得意の煮染めでもてなした。

〈干瓢《かんぴょう》できちんと巻いた昆布、身の厚いじゃこ、どれも不思議なほど艶々に光っている……この深いこく。何でしょう、醬油やじゃこのうまみだけとは思えない〉

と平松さんは書いている。食専門のライターだけあって、観察がこまかい。

伊藤さんからは誕生日に欠かさず電話がくる。昨年（二〇一五年）と一昨年は病院で受けた。一昨年は一時的に衰弱し、相づちをうつのがやっとだったが、昨年は「熊本の豊かな緑」について語り合う余裕ができた。久しぶりに毛筆を手にとり、〈花ふぶき　生死《しょうじ》のはては　知らざりき〉と書きもした。東日本大震災が念頭にあってのことだ。

二〇一六年五月中旬、作家の池澤夏樹さんが熊本市の石牟礼道子さんが仕事場にしている介護施設を訪れた。北海道からやって来たのだ。四月に起きた熊本地震のお見舞いである。

「飛行機は窓際でした。下降して住宅街にさしかかったとき、鮮烈なブルーシートがいくつも目に入ってきた。地震で壊れた家々の屋根をおおうシートです。こんなにひどいのかと戦慄しました」

「怖かった。何があったんだろうと思いました」

と石牟礼さんは震え声だ。

「大変でしたね。怖かったでしょう」

ちょうど部屋に入った来たヘルパーの松下さんが会話に加わる。

「初めは、なにが起きたか、地震とわからなくて。家に車が突っ込んできたかなと思ったんですよね。そしたらガタガタガタガタと揺れて地震だと思って。上の子は高校生ですけど、お風呂場で一回目の地震があったから、お風呂を怖がって、入りたがらない」

「本震だと思ったら前震だったんでしょう」

「そうです。わからなかったです」

「地面が信用できない」

池澤さんと松下さんが話していると、

「はい。あ、池澤さん、お昼はまだでしょう」

と石牟礼さん。

「いま、熊本城に行って来ました。石垣が壊れたのを見て参りました」

「これ私が焚いたんです」

からいもを池澤さんに出す。

「塩味がちょうどいい」

「はー。塩をかけて焼いてみました」

「昔、漁師さんに聞いたことがある。海に出るとき弁当はこれがいいって。片手で食える」

「東北の漁師さんですか」

「そうです」

「器がないですけど、わりと上手に焚けました」

「石牟礼さん、ぼくね、胸がいっぱいになってしまって、ごちそうになるなんて」

「ごちそうというほどのものでは」

「うれしいです」

「おいしくできました」

「お上手ですね、ほんとに」

四月十六日の本震後、「施設が崩壊しました。瓦礫《がれき》に残った私物を探しに行きます」と、石牟礼さんは池澤さんに電話で伝えている。実際には石牟礼さんの住む介護施設は「崩壊」しておらず、無事だった。しかし、石牟礼さんの気持ちの中では施設は崩壊したのだ。それほど揺れは破壊的で容赦がなかった。


住まいが崩壊する幻に襲われた石牟礼道子さんは「母が恋しい」と私に訴えた。震えながら、「父が恋しい」とも言った。父の白石亀太郎（一八九三〜一九七〇年）と母のハルノ（一九〇三〜八八年）は亡くなって久しい。

〈父の背中におんぶされていてひろがる世界は、山川や海や、天地のことにぞくし、母の背中におんぶされていてつながる世界は、人界にぞくしていた〉

『椿の海の記』のこの一節は、『苦海浄土』はじめ石牟礼作品に登場する父母の個性や役割を端的に言い表している。

石牟礼さんは、熊本市の仕事場で、仏壇の亀太郎とハルノの写真に見守られて暮らす。亀太郎七十七歳、ハルノ八十五歳。両親の亡くなった年齢を石牟礼さんの年齢は上回っていたが、とくに父母の背中をなつかしく思うようだった。

二〇一五年、夫の石牟礼弘さんを八十九歳で亡くした際にも「母が恋しい」とノートに書いた。不安な思いが嵩じると親への思いが強くなる。

晩年のハルノの肉声テープが見つかった。それを活字に起こした「白石ハルノ聞き書」が人間学研究会の『道標』二〇一六年秋号に掲載されている。「苦労ばーっかりでした」と繰り返し語る声がいわく言い難い人生の重みを伝える。石工集団、水俣に蔓延したチフス、紡績工となって体験した関東大震災、経済的に困窮して始めた行商など、ハルノの経験は不知火海沿岸の歴史と重なる。風土が口を開いている印象なのだ。

ハルノの両親の吉田松太郎とモカは石工の里・天草郡下浦村（現・天草市）出身。松太郎は道路港湾建設業をいとなんだ。戸籍謄本によると、松太郎一家は一九一九年、下浦村から水俣町（現・水俣市）に転籍した。チッソの積み出し港・梅戸の築港工事を請け負うなど事業を拡大するためである。

このテープでハルノは「七つくらいのとき（一九一〇年頃）にこっち（水俣）に来ました」と証言する。転籍届けよりも十年近く前に水俣に移っていたことがわかるのだ。

〈湯の児で失敗して、もう失敗して、あー、これでよかった。これでほっとした。失敗してしもて、これでよかった。からだ一本になってよかった、と思った。ほーっとしましたな。失敗してもなんとかなるじゃろ〉

一九三五年、事業が破綻。大勢の雇い人を含む大家族の世話から解放される喜びを率直に話す。

ハルノは二十一歳のとき十歳上の亀太郎と結婚する。亀太郎は松太郎の下で工事の図面づくりなどをしていた。「仕事を任せとるもんじゃけ、夫婦にならんばしょんなかたい」とハルノは回想する。松太郎は亀太郎とは不仲だったが、仕事の腕は高く買っていた。

亀太郎は天草郡下津深江村（現・天草市）出身。亀太郎の両親のことを意外にも石牟礼さんは「知らないの」と言う。半生が謎に包まれているのだ。松太郎の配下になるまでの経歴もわからない。石牟礼さんは少しでも手掛かりを得ようと、亀太郎から時折聞き取りを試みている。石牟礼さんの古いノートに父のことが何カ所か出てくる。

「十五の時の百姓奉公」とある。「我が家に帰れば甘藷《かんしょ》ばかり」だから、口減らしで天草北部の比較的裕福な農家で働いたらしい。しかし、「だまされた」という。「薬の調合」の仕事があると言われたのに、「いってみたら蚕養《かいこやしな》い」というのだ。

別の頁に「志岐の炭坑」と記す。天草郡苓《れい》北《ほく》町志岐では中小の炭鉱が栄えた。「百姓は炭坑はきらいよった。道楽者のゆくところ　いれずみ者」。炭鉱で働いたかどうかは確認できないが、「炭坑のおかげで汽車もみた」とあるので、志岐まで行ったのは確かだろう。

炭鉱は石牟礼さんにとって効率・利益至上の「近代」の象徴である。「サークル村」に参加するため福岡県中間市の炭鉱を訪れた際、九州一円から集まった大勢の炭鉱作業員を目の当たりにし、「みんなここに来ていたのか」と感慨にふけったという。川本輝夫ら水俣病患者の多くに炭鉱で働いた経験がある。前近代の民を近代が吸い上げる構図である。父の口から「炭坑」と聞いて納得する思いだっただろう。

亀太郎の死期が迫り、道子は、天草への帰郷を促した。父は「今どきのお前どもの、ざっとした考え方で、ゆかるるところか」と一蹴する。焼酎を控えるように注意すると、「一生、ろくなことがなかったのに、『こういう世の中に生きとらにゃならんのは、さぞきつかろう。せめて焼酎なりと飲み申せ』となして言わんか」と怒った。

亀太郎が亡くなり、役場の人がハルノに故人の生年月日を尋ねた。ハルノは答えられない。棺の中の亀太郎を指さして、「この人がなんもかんも、ぜーんぶ、知っとりましたもんで」と言うのみである。畑の作物に話しかけるなど万物と交歓する能力を持つハルノは数字が大の苦手なのだ。肉声テープの中の問答でも、自身の年齢を尋ねられ、笑ってごまかしている。

近代百年の痛み

石牟礼さんをめぐる催しは数多いが、生前のもので特に印象的だったのは、二〇一五年十一月五日、熊本市で開かれた「いま石牟礼道子を読む」(第三回石牟礼大学)だった。主催は伊藤比呂美さん率いる「熊本文学隊」。伊藤さんと作家の高橋源一郎さん、町田康さんの三人が石牟礼文学の妙諦を語り合った。

テーマとなったのは、古老数人の語りによる近代草創期の記録『西南役伝説《せいなんのえき》』と、天草・島原の乱(一六三七〜三八年)を題材にした『春の城』の二作。『苦海浄土』直前に書いた『西南役伝説』は「『苦海浄土』の母胎」と石牟礼さんが言う重要な作品だし、『春の城』はチッソ東京本社前での座り込みのときに、「乱を起こした人たちと私はつながっている」と感じて書いた切実な作品である。

水俣病闘争の延長戦という位置づけの『春の城』。高橋さんは「『西南役伝説』もそうだけど、権力に負けるのがわかっていても立ち上がらざるを得ないということをどれだけきちんと書くか。繰り返し起きる運動の形、精神を、庶民の側から描くという態度は一貫している」と評価する。町田さんは「水俣病の支援運動をやっていても、必ず足を引っ張る人が出てくる。キリスト教にしろ、武士にしろ、違う形に無限にわかれていく。（そのプロセスが）周到に描かれている」と一筋縄でいかない構造に言及する。

声が聞こえてくるかのように、情動がストレートに反映した部分を伊藤さんらは「歌」と呼ぶ。「前半はずっと食べ物の話」（伊藤さん）の『春の城』。町田さんは「客観的な小説の形だったのに、途中から石牟礼さんが歌い出す。どんどん歌になり、音楽になってくる。歌のほうが気持ちいいし、書いていても気持ちよかったでしょう。苦しいのかもしれない。痛気持ちいい、という感じかもしれない。悶える感じが石牟礼さんらしい」と言う。

伊藤さんは「歌っている。その通りだと思う。同時に石牟礼さんは、外から入ってきて自分で醸している、醸してきた、語りの文化を歌にしている。ととさま、かかさま、など古典みたいなやりとりが『春の城』に出てくる。伊藤比呂美語でいうと、声を介しました、ということ。石牟礼さんの心の中に沈潜してきた、脳の中にずっとあった人の声をリミックス（既存曲を編集して新たな曲を生む）して作品化する」と話す。

「紙に書きつけたときに、どう見せたら日本語として一番読みやすく、美しく、しかも心に残るかということを石牟礼さんはやっている」と伊藤さんは言う。「それってすごくこまかい操作じゃないですか。でもね、あまり考えていないと思う。歌だと思う。意味とか設定とか考えずに」と町田さんは応じた。
「いま石牟礼道子を読む」開会前。病室の入り口にこちらをうかがう女性の姿。伊藤比呂美さんである。高橋源一郎さんと町田康さんを伴う。私は石牟礼さんと一緒にいた。

高橋「こんにちわー」
伊藤「高橋源一郎さんです」
高橋「はじめまして。お電話ではお話しましたが……。町田さんです」
石牟礼「まあ、お久しぶり」
伊藤「きょうね、石牟礼大学、第三回です」
石牟礼「もうすんだんですか」
全員、爆笑。
伊藤「きょうのテーマは『春の城』と『西南役伝説』。それについて三人で話し合うんですよ」
石牟礼「ほーっ。この三人がよくそろいましたね」
高橋「どうなるかわからないですけど。伊藤さんが司会だから不安なんです」
伊藤「町田さんお酒やめられたんですって。なにやっているんですかと聞いたら、犬ネコの世話って。それが仕事って」
石牟礼「ほーっ」
伊藤「ネコがかりなんですって」
町田「ネコがかりです」
石牟礼「言うことききますか、ネコちゃんは」
町田「ネコ、もう年とりましたけど、元気にしてます」
石牟礼「私もネコ飼いたいけど、病院の中はおしっこをするところがないもんで」
高橋「ですよね」
石牟礼「飼えない。しかし、私もやっといろんな雑用から解放された」
伊藤「石牟礼さん、『春の城』はどうして最初『春の城』でそれから『アニマの鳥』になったんですか」
石牟礼「『春の城』では平凡すぎる」
伊藤「平凡すぎる？　全集ではまた『春の城』になっています」
石牟礼「私にはなんにも言わないで、勝手に『春の城』になった」
伊藤「編集が勝手にやったんですか。石牟礼さんは『アニマの鳥』がよかったのですか」
石牟礼「『アニマの鳥』のほうが一般にわかりやすいかとも思って」

伊藤「阿川弘之の『春の城』があるから変えたのかと思っていた」
石牟礼「知らなかった、それは」
高橋「きょうは『アニマの鳥』でやります」
伊藤「素晴らしかったですよ、読み直した。石牟礼さん、ね、あの中でだれが一番好きですか」
石牟礼「一番お気に入りは天草四郎」
伊藤、高橋「四郎なんだ」
伊藤「えっ、ちょっといい男すぎませんか」
高橋「いい男好きなんですよね」
町田「でも実物を見た人はだれもいない」

「……そのため宇治の大納言と呼ばれるようになった。なぜかというと、知っていると思うが、平等院は宇治にあるからである……」

町田さんが現代語訳にした河出書房新社『日本文学全集』第八巻の「宇治拾遺物語」冒頭を読む。現代的ユーモアをちりばめた町田さんらしい奔放な訳である。じっと聞いていた石牟礼さんは「まあ、朗読の名人ですね」と感嘆するのだ。
高橋さんは直後の石牟礼大学で、「日本で一番言語に繊細に対応している町田さんの朗読を、あの石牟礼さんが聞いていた。〝日本文学盛衰記〟を見るようで感動しました」と対面シーンを紹介して会場をわかせた。
病院では次のようなやりとりもあった。

町田「『ギャオスの話』という短編小説を書きました」
石牟礼「読みたいなあ」
町田「怪獣が……。例によってくだらない話です」
石牟礼「怪獣小説書いてみたいなあ」
高橋「読みたいね、石牟礼さんの怪獣小説。怪獣へドラとか（笑）」
石牟礼「私は自分が怪獣になった気がする」
町田「そうなんですか」

石牟礼さんは「狭いところばっかりいるでしょう。運動が足りない。足が弱くなった。転ぶので、なるべく歩くまい、と思っています」と体の状態を明かす。「体のねじれ」「腰骨の痛み」について触れ、「水俣病」「日本の近代」も話題にした。

「感動した。われわれにもやるべきことがあると思った。石牟礼さんは自分のやってこられたことを真摯に受け止めておられて、日本近代百年の痛みが自分の痛みの中にしっかりある、と明確におっしゃった」と町田さんは石牟礼大学で興奮気味に報告する。「石牟礼さん、体が不自由で、すごく痛そうなんです。でもそれは、日本近代の痛みがここにある、ということ」と高橋さんも言う。町田さんは「これからも書きたいことがある、というのは私にはすごく重かった」と石牟礼さんの言葉に発奮した様子だった。

石牟礼さんは、伊藤さんら三人に、「水俣病患者だと名乗り出れば、健康な人たちが言うんですって。うぜんのくる話じゃが。うぜんというのはたくさんのおカネ。うぜんが来たら、貸さんか。言われたほうはつらいです」と語る。絶句する三人。「一生かけて『苦海浄土』を書き上げたけれど、(水俣病闘争は)まだ終わりません」と石牟礼さんは言う。

新しい病

「自宅でぶらぶら」「健康。常人と変わらない」「健康体と思われる」「全快と思われる」チッソ水俣工場が一九六四年一月に作成した「水俣病患者一覧表」。百五人の患者名が列挙され、工場による〝判定〟が記されている。工場が患者へ支払う見舞金の改訂に利用されたという。

〈患者の実情がたいしたものではないように報告したいという調査者の忠誠心と、おそらく上の方での、実態を抹消したいという想いが、ひとつになっての一覧表であったろう〉と石牟礼道子さんは『苦海浄土』第二部『神々の村』に書いている。

一覧表は『水俣病にたいする企業の責任―チッソの不法行為』(水俣病研究会)第二章「患者・家族の実態」に完全収録されている。水俣病研究会は、第一次訴訟開始(一九六九年六月)後の九月に裁判支援を目的に医師らが結成。石牟礼さんも会員になった。『水俣病にたいする企業の責任』は会員十四人が分担して執筆。第二章は石牟礼さんが担当した。被告チッソの答弁書から筆を起こした石牟礼さんは、一覧表にも言及。「健康体」

などの〝判定〟に逐一反論することで、中枢神経を破壊する被虐の実態を具体的に記す。『神々の村』でも一覧表を取り上げ、〝判定〟に反論するスタイルで患者の状態を詳述している。『水俣病にたいする企業の責任』と重なる記述も少なくないのだが、最終的には文体が整序され、〝作品〟として昇華された印象を持つ。『水俣病〜』は少々の文法の乱れをものともせず、相手の論拠のいいかげんさを至純な怒りで突き崩す迫力があり、素の生々しい記述が一番の特徴だ。

〈職につくことはおろか、日常生活さえ奪いとっておきながら、この気の毒な人たちに、この上どのような悪意を含めば、「健康体」などとぬけぬけ云えることであろうか〉

第二章で石牟礼さんは、当時熊本大学医学部助教授の松本英世さんの手記を引用する。一九六九年に十三歳で亡くなった男性の胎児性患者を病理解剖したのである。

〈もの言わぬ遺体は、首、四肢を硬直して特異な肢位をとっており、手足はまさに骨と皮の状態。体重は数日前に測定したところによると十三・五キログラムだった〉〈頭蓋も胸郭も、永年の不自然な病床での生活から強く変形し、左右の不対称性がめだち、脊椎はまさにくの字状にわん曲していた〉

当時、胃瘻《いろう》はまだ一般的でなく、介護人が食べさせねばならない。胎児性患者の場合、一回の食事に二時間はかかったという。〈十三年間意識もなく寝たきりの生活で褥瘡《じょくそう》がみられないということは、まごころのこもった看病のたまものにほかならない〉。献身的に付き添う家族の姿が浮かび上がる。

『苦海浄土　わが水俣病』が細川一・チッソ水俣工場付属病院長の厚生省（当時）への報告書など医学的文献をしばしば引用しているように、石牟礼さんは医師の発言や手記を重視する。書くに値するものが降ってきたら、媒介者としての石牟礼さんはなるべく元の形のまま原稿にする。近代の「表現」というより、前近代の「語りもの」のイメージなのだ。

二〇一七年の新年早々に発行された『文學界』二月号は「虐げられし者たちの調べ」と題し、先に触れた「第三回石牟礼大学」（詩人の伊藤比呂美、作家の高橋源一郎、町田康の各氏による鼎談）を完全収録している。

三氏に共通するのは、石牟礼さんを尊敬し、石牟礼さんの文学を自分の糧としていること。『西南役伝説』と『春の城』の二作を取り上げ、石牟礼文学の構造の特異性に迫ったのだ。

一月十四日、私は石牟礼さんを訪ねた。鼎談に目を通している。ところどころに赤線を引きながら熟読しているのだ。時々、声に出して読む。胸にストンと落ちるまで字面をながめるのが道子流だ。私はそっと隣に座った。

「文学者がこのような鼎談の形で、ある事柄に対して、真剣に向き合うということは、めったにないですよ」と私に言う。「字が小さい。読んでくれませんか」と目をしょぼしょぼさせる。私は雑誌をのぞきこみ、小学生の朗読のように努めて言葉がはっきりわかるように鼎談記事を読み上げるのだった。

〈高橋 〈島原の乱を描いた『春の城』と西南戦争を経験した古老の聞き書き『西南役伝説』は〉権力に負けるのが分かっていても立ち上がらざるを得ない人々のことがきちんと描かれていますよね。これは石牟礼さんもおっしゃると思うんですけど、背景には水俣病の運動があるんじゃないか〉

「はいはい」と石牟礼さんはうなずいた。

「機動隊に囲まれました。チッソ首脳陣に水銀を飲ませるという話まで出て、相手に飲ませるなら自分もと、それこそ命がけでしたけど、不思議と怖くなかった」。一九七一年の暮れから始まった東京のチッソ本社前の座り込みの話である。

新聞紙を敷いて寝た。「地べたに寝転がったとき、思いましたね、天草・島原の乱の反乱の民も同じ気持ちではなかったのか、と。私たちは子孫たち。つながっておるのだ、と。これから先、命があったら、天草・島原の乱を書きたい、そう思いました」

〈高橋 （『春の城』で）一番好きな登場人物はおうめさんという人です。（中略）この人

が作品の中でアウトサイダーになっている〉

悲惨な死を遂げた村人に冷たい態度を取っていたキリスト教徒たちを、仏教徒のおうめさんが怒るのだ。〈観音菩薩とマリア様が二人逢われたなら、仲良う、いよいよ優しゅうなられるとあたいは思いやす〉

〈高橋　デウスの教えと親鸞の教えは交換可能だと言ってるんだ。おうめさんに言われると、どう考えても反論の余地がない〉

「一番、力を入れて書いたところです」と石牟礼さんが即座に言う。「おうめさんを書くときは、快かったですよ。たいへん気持ちよく書きました」と言うのだ。

〈高橋　神の国を作るという理由に「そうかな」と思っても、御旗の下に戦うということにケチをつけられない。それに対して文句を言えるのが、おうめさん〉

〈町田　運動をやっていても絶対足を引っ張るやつがいるし、人間は善をしながら同時に悪もやっちゃうよ、と。石牟礼さんご自身の体験なのか、周到に、執拗に、いろんなところにその対立を配置している。（中略）対立するもの、例えばものすごく尊いものと、ものすごく卑しいものの間にも、必ず道を作ってある〉

「はいはい」と石牟礼さんはうれしそうだ。私が読んでいる間、何度もうなずいて、高橋さん、町田さんの言葉をかみしめるふうだ。

伊藤、高橋、町田の三氏は鼎談にのぞむ前、三人そろって石牟礼さんを訪ねた。石牟礼さんと一緒にいた私は、会話をつぶさに聞いた。

鼎談で町田さんは〈(石牟礼さんが) 自分の体の中の痛みは、日本近代百年の痛み。それがここにしっかりあるって明確におっしゃっていましたからね〉と発言。〈高橋　言えないよね、それは〉〈町田　重かったですね。その痛みは水俣病かもしれない、ともおっしゃっていました〉と続く。

鼎談会場にいた私は、伊藤さんが「えっ」という表情をしたのに気づいた。私も「えっ」と思ったからだ。伊藤さんは「源一郎さん、よく聞いた?」と確認を求めたが、高橋さんは町田さんの発言を是として気にするふうはない。伊藤さんはせっかくの話の流れを邪魔するまいと思ったのだろう、それ以上この話題に深入りするのを避けた。

三人と石牟礼さんの会話の録音を再生してみると、石牟礼さんは「こういう痛みというのは、近代、日本の近代が生み出した、新しい病気だなあと思って。いろいろ(症状が)出てきているんじゃないかなと思いますね、水俣病だけでなく」と述べている。町田さんが紹介した内容とややニュアンスが異なるのだ。

石牟礼さんが渡辺京二さんに語った言葉を思い出す。

「だってあの人(患者)が心の中で言っていることを文字にするとああなるんだもの」

石牟礼さんの至近距離にいた町田さんと高橋さんは、私と伊藤さんが聞き取れなかった石牟礼さんの心の声を正確に聞き取ったのだ。

「ここに来て、本当によかった。生き方の方向性を確かめ直した」

チッソ本社前の座り込みに参加した筑豊の記録作家、上野英信（一九二三〜八七年）は石牟礼さんにそう語った。鼎談に参加した三人も同じ思いだったのではないか。

自殺未遂

二〇一六年暮れから翌一七年初めにかけて、渡辺京二さんがしきりに言っていた。石牟礼道子さんの最大の理解・協力者と自他ともに認めるこの人は力説するのだった。「生まれてきて、いやーっと泣いている。この世はいやーっ、人間はいやーって泣いている。えーん、えーんと、ぐずって泣いている。生まれたときからこの世とうまくいっていない。それが石牟礼道子の本質です」

石牟礼さんの母ハルノさんは「赤ちゃんのときから泣き出したら止まらない。火がついたように泣く。泣きやまない。最後には引きつけを起こす。どういう子じゃろうかと思っていました」と語ったという。「道子さんは最初から地獄を見た」とも渡辺さんは言う。狂気の祖母とさまよい歩く。不遇な若い女性の刺殺事件を間近で目撃する。そんな経験を指すのだろう。

『苦海浄土』をはじめとする作品の完成度の高さや、弱者に徹底して寄り添う姿勢などから、いつのまにか「救済の女神」としてのイメージが定着した。石牟礼さんを訪問する客の多くが、「〝ありがたや〟って拝んで帰る」（渡辺さん）という。悲母観音やマリア様のように崇《あが》めるのもいいが、偶像化するあまり、多くのものを取り逃がしていないか。石牟礼さんの心の闇を見つめよ。渡辺さんはそう言いたいのだ。

渡辺さんは二〇一六年、「新妻の訴へ言」と題した石牟礼さんの未発表原稿を発見した（『アルテリ』三号に掲載）。

〈貴方が若し、私をのっぴきならぬ程取り囲んでいる、おおこの！俗世間のやからだとしたら、けがらわしい！　お前達に再び用はない筈だ。嫌だ嫌だ、お願いだから私の後についてこないでおくれ〉

一九四七年、結婚直後の二十歳のときに書かれたという。溶岩のようなドロドロとした熱情をもてあまして、だれかれとなく声をかける若い女性を想像したらいい。内なる言葉を吐き出すために当面の話し相手が必要だ、それが「貴方」というわけである。

〈自殺は罪悪だと定まったようにいいます。／けれども忠言顔にそうおっしゃる方々は、本当にそういう心理的苦闘を経た後に割り出した真理だとの自信でそうおっしゃっているのでしょうか〉

唐突に「自殺」という文字があらわれるのは、「自殺」がこの時期の石牟礼さんの最大の関心事だったからである。

〈何も、自殺を肯定しろというのではありません。常識にちょっと外れようとすると、否応なしに、頭から押し殺してしまおうとする社会の暴力根性が、獲物を食って、口を拭いて知らぬ振りをしている動物園のゴリラのように、さもしく見え、憎くてならないのですわ〉

結婚から四カ月後の一九四七年七月、石牟礼さんは三度目の自殺未遂をした。霧島の山中で母校・水俣実務学校のセーラー服をまとった。死に装束である。亜ヒ酸の瓶。小川のほとり。〈たった一息というところなのに、たった紙一重にも足りない生と死のほんのわずかな一線の前に、私はクタクタになる〉と失敗から四日後、ノートに記した。

四つのパートから成る「新妻の訴へ言」の四つ目は、お腹の胎児「そなた」に語りかける。石牟礼さんの長男道生さんの誕生は一九四八年十月であるから、第四パートは同年春から秋にかけて書かれたのだろう。二十一歳。三度目の自殺未遂のあとである。死への誘惑は断ちがたかった。

〈そなたを、風のある所のこの世に出すことなく葬ることに罪があるとすれば、この私をも同時に葬らむとする神よ。あなたは憎むべき意地悪な独裁者だ！　あなたにそんな権利があってなるものか〉

〈作家になることにより生きてゆきたいという私の人生探究の悲願を、そなたに継がせ度《た》

いと願わぬこともなかったが、そのことのわがままさを知っては最早《もはや》それ以前のエゴに帰るより仕方がない〉

死にたい気持ちには変わりはないものの、「神」を持ち出したり、この土壇場で「作家」志望を明かしたりするなど、どこかユーモラスな書き方から、石牟礼さんに、死にたがる自分を客観視する余裕が生まれつつある、と感じる。

結局、自殺は果たされず、親子三人の生活が始まる。一九五四年、歌友・志賀狂太の自殺をきっかけに、死にたいという気持ちがぶり返す。一九五五年、二十八歳の道子さんが夫に宛てた遺書は次のようなものである。

〈わがままゆるしてください。道生をたのみます。よいママさんをさがして下さい。この子の出生とともに生きのびましたが、もうたえられません〉

今度もまた、自殺を思いとどまる。

〈ひとつの迷路を辛うじて脱け出た。むつかしい術策があった訳ではない。たくましい生の転カンをした訳でもない。子供が病気になったからである。母性はかなしい。所詮、子にだけはつながりを断つことは出来ない〉

ここでもブレーキ役を果たしたのは息子だった。

私は、渡辺さんが作成した石牟礼道子年譜の「一九四八年十月、長男道生出生」のくだりを何度も目でたどる。わずか一行なのであるが、太くて大きな活字が浮かび上がってくるように感じる。

一人息子の道生さんは、母親の救済のために生を授かったのだ、と判断してもよさそうである。救済の女神を救済する……。なんという大きな仕事だろう。人間世界から追放されたに等しい絶対的な孤独。同じくらい深甚な孤独を道子さんは水俣病患者に見いだす。『苦海浄土』を書く。生への道が見えてきた。

許すということ

〈花の時季に、いまわの娘の眸《ひとみ》になっていただいて、花びら拾うてやっては下はりませんでしょうか〉（『神々の村』）。桜の季節には石牟礼道子さんの言葉を思い浮かべる。二十代で亡くなった水俣病患者の坂本きよ子さん。〈何の恨みもいわじゃった娘のねがいは、花びら一枚でございます〉（同）と石牟礼さんはきよ子さんの母になりかわって書く。

石牟礼さんが九十歳になった二〇一七年三月十一日、熊本市・江津湖のほとりの店に、一人息子の道生さん、妹の妙子さん、叔母ハツノさんの娘さんら親族と渡辺京二さんが、石牟礼さんを囲んだ。卒寿を祝うのだ。

店の隣の、熊本市動植物園の桜はまもなく満開となるだろう。

石牟礼さんが主導し、渡辺さんが参謀を務めた水俣病闘争は、一九六八年一月の水俣病対策市民会議結成から水俣病第一次訴訟後の交渉が一段落した一九七三年七月までの五年半、展開された。

闘争のシンボルとなった「怨《おん》」の旗は石牟礼さんの発案である。古代的な精霊の一揆を思わせる「怨」は、きよ子さんら患者の声を代弁し、効率・利益至上の近代の罪を問うたのだった。

石牟礼さんは一九七四年一月に、〈もうあの黒い死旗《しにはた》など、要らなくなりました〉と書いている。「死旗」とは「怨」旗のことである。もういらないとはどういうことであろう。裁判には勝ったが、患者の念願であった加害企業との魂のぶつかりあいは果たせず、結局は金銭の交渉事に終わってしまった。そんな無力感が背景にあるのか。

石牟礼さんは近年しばしば第一次訴訟を担った患者の故・杉本栄子さんの「許す」という言葉を引用する。〈私たちは助からない病人で、これまでいろいじわるをされたり、差別をされたり、さんざん辱められてきた。それで許しますというふうに考えれば、このうえ人を憎むという苦しみが少しでもとれるんじゃないか。それで全部引き受けます、私たちが〉と栄子さんは言うのである。

映画監督の原一男さんから「石牟礼さんはチッソを許すと最近発言されているのか」という問いを受けた渡辺さんは、返事として、「『許す』という意味」を書いた(『季刊魂うつれ』二〇一六年十月号)。石牟礼さんにとっての「許す」を、公平な視点から客観的に解釈したものである。水俣病問題のキーワードの一つ「許す」をより深く理解するための手引きとなろう。

〈チッソが犯した罪を許すということでは決してなく、その犯罪は絶対に許されるべきではないが、その犯罪を犯してしまった人間はもう憎まない、許すということだと私は理解します。つまり栄子さんはチッソより数段高い立場、罪を憎んで人を憎まずという大慈悲の立場に立っておられます〉

〈石牟礼さんご自身にチッソを許すというお気持ちはたぶんないでしょう。しかし、栄子さんのお気持ちは痛いほどわかるということではないでしょうか。「許す」というのは患者だから言えることであって、石牟礼さんが自分の言葉として言えるはずはありません〉

栄子さんの「許す」は同じ患者の緒方正人さんの思想に通じる。緒方さんは、石牟礼さんの新作能「不知火」が奉納上演された際、チッソに「一緒にやろう」と呼びかけたのだった。

〈一緒にやりましょうなどと応じるはずのない現代の一企業への、お前はこうするしか救われないのだよという、実に広大無辺の救済の提案になっている〉と渡辺さんは解説する。

緒方さんには『チッソは私であった』という著書がある。自分がチッソに勤めていたら、自分も同じようなことをやっただろう、というのである。

〈時代の中ではすでに私たちも「もう一人のチッソ」なのです。「近代化」とか「豊かさ」

を求めたこの社会は、私たち自身ではなかったのか。自らの呪縛を解き、そこからいかに脱して行くのかということが、大きな問いとしてあるように思います〉

パーキンソン病を患う石牟礼さんはこの日は調子がよく、天草のマトウダイなどのコース料理を残さず食べ、普段は飲まないビールも口にした。ついと立った渡辺さんが石牟礼さんの顔をのぞきこむ。石牟礼さんはなんともうれしそうな顔になり、心底安堵したかのように口元がゆるむ。いまも闘っています。石牟礼さんが時折口する言葉がよみがえる。

「怨」という旗こそなくなったが、水俣病闘争は現在も継続中なのだ。

石牟礼さんが「生まれて初めてビールを飲みました」とポツリと言う。座は静まりかえり、次の瞬間、全員が「まさか」と爆笑した。

「お母さん、みんなが集まってうれしいんだよね。それでそんな冗談言うんだよね」

立ち上がった道生さんが泣き笑いの顔で言う。

石牟礼さんはそれには応えず、両手で持ったコップのビールをおいしそうに飲んだ。困ったような道生さんの顔を見て、「あら」と微笑した。

野人

「短歌というのは私小説です」という作家の池澤夏樹さんの名言がある。石牟礼道子さんの文学について話を聞くうち、突然出てきたのだ。私は急いでメモをとった。ここでの「私小説」とは「作者と等身大の〝私〟が、ありのままの心情を吐露する」という意味である。

石牟礼さんの初期の短歌、たとえば、一九四七年四月の歌〈何とてやわが泣くまじき泣けばとて尽くることなきこのかなしみを〉など、その典型であろう。前月に結婚したばかりである。めでたいはずなのにこの悲嘆のトーンはどうしたことか。

一九五二年、二十五歳の石牟礼さんは、毎日新聞熊本歌壇に投稿を始めた。投稿仲間の志賀狂太に誘われ、歌人の蒲池正紀主宰の熊本市の歌誌『南風』の会員に加わった。『道標』二〇一七年春号が「『南風』抄録」と題し、『南風』で石牟礼さんに言及した文章をまとめている。渡辺京二さんが一九八九年頃作成したが、発表の機会がなかったという。

石牟礼さんは、蒲池が「石牟礼さん（この真似は危険）」と書くなど会の中でも亜流を生むような存在だったらしい。狂太もその破天荒な才能で一目置かれていた。

狂太は石牟礼さんと同年の一九二七年生まれ。熊本県旧鹿本郡出身である。終戦間際に陸軍に入隊。旧ソ連の捕虜となり約一年二カ月の収容所生活を送った。

〈痩骨に鈍き疼み覚ゆる冬なれや捕虜の日の桎を今にひきいつ〉

狂太の歌に石牟礼さんは同質の孤独を感じ取る。手紙の交流が始まる。「或《あ》る女」と題した狂太の詩がある。

〈クチズケハイヤダトイイマシタ／ダエキヲフケツダトイイマシタ／ホウヨウ　ナンテナオノコト／オトコノニオイガイヤダッテー〉

「或る女」とは石牟礼さんを指す。二人は歌を介して急接近する。狂太の歌。

〈遂げられぬ恋情なれば初めなる逢いを得しよりいざ激ち来も〉

〈不倫という言葉が負える罪意識吾に来るとき動揺れぬとは言わず〉

一九五四年、二十六歳の狂太は服毒自殺した。五回自殺を試み、五回目で目的を達したのだ。かねて自殺願望があった石牟礼さんは「狂太さんと一緒に死のう」と思うが、実行に移せなかった。一人息子道生はまだ五歳である。

〈逢わむというそのひとことに満ちながら来たれば海の円き静まり〉

狂太が水俣に石牟礼さんを訪ねた直後の作品である。恋は封印された。永遠に――。しかし石牟礼さんは狂太のことを忘れなかった。二〇一四年の石牟礼さんの俳句〈おもかげや泣きなが原の夕茜〉。狂太の歌への返歌である。

二〇一七年四月八日の昼過ぎ。石牟礼さんはベッドに横になっている。横というより、ちょっと疲れたので、もたれて、そのままという感じ。

きょうは帰ろうと思って、回れ右をし、音をたてないようにドアに向かうと、いてください、と小さな声が聞こえた。

私は、渡辺さんの新刊『日本詩歌思出草』を持参したのだ。若い頃から心のよりどころとしてきた詩歌を引用・解説しながら私的昭和史を語るエッセイ。石牟礼さんは本の表紙を大事そうになでながら、読んでください、と言う。

石牟礼道子の章を読む。詩「花がひらく」。三十代の作。

〈花がひらく／赤ちゃんが死ぬ／のっぺらぼうの壁の家の／花がひらく／赤ちゃんが死ぬ／肉汁の匂いのこぼれる扉をひらく／赤ちゃんを　食べているのかい／スプーンですくって

消毒液のなかの注射液／注射針に吸いついている／赤ちゃんの皮と肉／お乳を　ぽんと

はなすように／針をはなして
そのとき赤ちゃんは／世界の錘りになって／落ちてゆきます
窓のないホーム／肉汁の匂い／あたしの腕の中で／首を折った／ひまわりの影
とある日／音もなく／そらのいちばん高いところから／空はゆっくりひき裂ける／そらは　ぱっくり／空は静かに／あたしの体の中にひろがって／足のねもとの地面ながら／ひき裂けてしまう
空はぱっくり／花が〉

花がひらくのは、赤ちゃんがスプーンで食べられるとき。そのとき空も地も裂ける。

「この詩、覚えておられますか」と私は朗読を中断して石牟礼さんに尋ねた。

「覚えています」と石牟礼さんは即答する。

「赤ちゃんをスプーンで食べる」

「はいはい」

「苦海浄土をやっておられる頃ですか」

「やりよる頃ですね」

〈原初的な虚無感、世界は一種の不条理として在るという感覚〉に注目せよと渡辺さんは書く。〈最初からこの人は、この世のおそろしい相貌を誰よりも痛烈鋭敏に感受する人であった〉というのだ。

〈現代文明の諸悪を指弾し、生命の原初的な調和を希求する預言者風の相貌を、この詩人に認めるのが世人の習いとなった。だがその相貌を一皮剝げば、この世はイヤだとぐずり泣きをしている幼女が現われる。それは石牟礼道子論の最も重要な一点であって、再び言うが、その証明として数ある彼女の詩篇の中からこの一篇を私は選んだ〉

しばらく黙りこくっていた石牟礼さんが口を開いた。

「京二さんの、その文章は、私にとって、とても大切です」

眼前の空気に刻みつけるかのような強い口調に、私は息をのんだ。次の言葉を待つ。石牟礼さんは「詩人としてほめそやされると、なんと言ったらいいのかな、そう、無理があります」と言うのだ。

私はなんとも応ずることができず、「ウーン」とうなるのが精いっぱいだった。石牟礼さんは重ねて言う。

「（詩人とみなされると）私と読者とのあいだに……無理が生じます」

「はい」と私はうなずいた。「詩人と呼ばれたくないのですか。では、なんと」

きっぱりと道子は答えた。

「野人《やじん》」

『広辞苑』によると、「田野にある人。田舎者。未開の人」などの意味がある。

まもなく夕方になる。朝から春霞が熊本を包む。小雨はやむ気配がない。

さびしい友

石牟礼道子さんの作品の愛読者は、道子さんの六人のきょうだい（一人は早世）のうち一歳下の弟一《はじめ》さん（一九二八〜五八年）に忘れがたい印象を抱いているはずだ。

〈この弟という存在は、わたしにとって一番近い異性であり、深い謎だった〉

酒におぼれ、恋愛結婚後も自己破壊的な生活は改まらず、鉄道事故で三十年の生涯を閉じた。鋭敏な感受性をもてあまし、自らの肉体を傷つけるのを辞さない弟は、ひたすら死を求めた若き日の道子さんに似ている。

道子さんは一九三四年、水俣町立第二小学校に入った。七歳。本来なら前年に入学のはずだが、一年遅れた。入学手続きを促す役所からの通知がなかったからだという。弟と同級生になった。幼いきょうだいはさぞ困惑しただろう。

「先生たちは私と一を双子だと思っていたようです。〝ふたご〟という意味がわからなくて、不思議な気がした」と道子さんは回想する。

三十一歳の道子さんが熊本の短歌誌『南風』主宰者、蒲池正紀に宛てた「おとうと」という書簡体の文章（一九五八年）がある。渡辺京二さん編集の『潮の日録』（一九七四年）に収録されたものだ。道子さんと弟との関係がうかがえる貴重な文献であるが、道子さんが収録を拒んだほど生々しい記述を含む。

「おとうと」によると、道子さんの実家は、精神状態が不安定な一さんに困惑した。父は一さんを宿敵のように呪い、母も狂乱する息子に気が狂わんばかり。一さんの嫁と二人の幼子は〈投げられけられ半殺しの目に逢っていた〉。道子さんは弟に入院を勧める。

道子さんと夫の弘さんは一さんにとって唯一無二の理解・庇護者である。〈ウップンがあれば来て暴れ、欲しいものがあれば来てねだりする〉。孤立する一さんは道子さんと弘さんに存分に甘えた。精神病院から退院した弟は、酒は厳しく禁じられているのに、泥酔して訪ねて来た。

「百円貸せよ」

「なか」

世間から廃人とみなされ、後ろ指をさされる弟。

〈彼の負っている不幸さの重みをもう片棒かつぐのは嫌だと思い、その想いに羞じて苦悶する私の急所を彼の本能はつかんではなさないのです。不思議な分身です〉

「二十円でよか」

「お金なんかあるはずなかよ」

「お前んとことは縁を切ろうか、するとお前も安心だろたい」

お互い黙り込む中、「チョッ、そげん早う帰らんでんよさそうなもん……」と自分をあざけるようなことを言いながら弟は帰っていくのである。

石牟礼さんは自伝『葭の渚』に〈この年（昭和三十三年）の十一月、弟の一が事故死した〉と書いている。「事故死」としたのは、「世間的に自殺と思われているから、あえてそう書いた」のだと明かす。

一さんが汽車にひかれて死んだ日の翌朝、身内は箸を持って線路上の肉片を集めた。一さんの三歳の長女ひとみが肉拾いの人々についていく。

「父ちゃんの指のあった、ホウ」

霜の朝である。幼女は枕木にかがみこみ、足の小指を拾う。エプロンのポケットに大切そうにしまう。「よく見つけたね」と道子さんはほめる。家に帰って、お仏壇の前の亡骸《なきがら》の足下に拾った指を置いた。

自殺でないという道子さんの根拠はなにか。

「ハジメは、すじ肉ば買って、弁当ガラ（箱）に入れとったですよ。線路の脇に弟の弁当ガラが転がっていた。それに買ったばかりのすじ肉が入っていた。これから死ぬ人が肉なんか買うわけがありません。一番安いすじ肉で、家族と一緒に焼酎飲もうと思っていたに違いなか」と道子さんは言うのだ。

私が道子さんからすじ肉の話を聞くのは実は三回目である。道子さんにすれば、何度でも話しておきたいことなのだ。二〇一五年夏、石牟礼弘さんの通夜の席を思い出す。道子さんが妹の妙子さん、弟の勝巳さん（一九四二年生まれ）ら親族に「この際だから」とすじ肉のことを話すのを居合わせた私は聞いた。関西から駆けつけた勝巳さんは「すじ肉！そんな話は初めて聞いた」と驚愕した。

自殺でなかったとしても、傷つきやすい魂が現実世界との格闘の末、矢折れ弾尽き、満身創痍になって、流れ星が落ちるように生命の灯が消えた――という印象は変わることがない。この世を生きられないとはどういうことなのか。一さんは道子さんにとって「深い謎」であり続ける。

寂しいしかし強い子であったろう――私は渡辺京二さんの『日本詩歌思出草』にそう書いてあるのを読んだとき、一さんを思った。森田童子の章である。

童子は一九五三年生まれの女性歌手（二〇一八年死去）。「さよなら　ぼくの　ともだち」の「ぼく」は若い女性である。渡辺さんが〈寂しいしかし強い子であったろう〉と書くとき、たんに「ぼく」だけが念頭にあるわけではなかろう。一さんを含めたこの世の純良で傷つきやすいすべての魂に思いをはせていたはずなのだ。

　童子は歌う。

〈弱虫でやさしい静かな君を／ぼくはとっても好きだった／君はぼくのいいともだちだった／さよなら　ぼくの　ともだち／さよなら　ぼくの　ともだち〉

　渡辺さんは童子を語ることで一さんを語っている。一さんについて語ることは、一さんと〝ふたご〟だと間違われ、きょうだい中で一番性質が似ている道子さんについて語ることなのだ。


　二〇一七年のある日のこと。夕方になって、道子さんの病室に石牟礼道子資料保存会事務局長の阿南満昭さんが来た。

　阿南さんに渡辺さんから電話がかかった由。石牟礼さんが渡辺さんを夫の弘さんと思っているようなことを言ったので、石牟礼さんに認知症傾向がないか確認しに来たのだ。

「石牟礼さんが渡辺さんを弘と間違えたのですか。それで渡辺さんが私は弘じゃありませんよって言ったんでしょう。だんだんわかってきた。それで電話してこらしたんですたい、心配して」と阿南さんは言う。

「影を見間違えたとかそんなんじゃなくて、なにもないところにぽつんと見らす。わりと最近あるですもん」と私が応じる。

「想像力豊かな方はみんなそうたい。まだ石牟礼さん、力が落ちてない」

「幻想か、からかっておられるのか、とぼけとらすのか」

「両方たい」

「いまそこの扉のところに立っていた人はだれですか、などとおっしゃる」

そんな私と阿南さんの会話をよそに、石牟礼さんは「おいしかサバを食べた。あぎゃんおいしかサバは初めて食べた。たしか先週水曜もサバを食べた。最近、サバがおいしか。おいしいと思わなかったが、初めておいしく思った」とひとりごちる。

「サバ」をきっかけに石牟礼さんのしゃべりたい本能に火がついた。

「あのおいしさを再現するには、つくって食べさせるほかはなか。ものすごい新しかサバば買うてきて、そして、塩をして、全体に塩ばなじませて、で、いっときおいて、そしてニンジンば切る。タマネギとニンジンの大きさは、同じくらいの大きさ。そして、それを炒ります。油で。そうすると……、いま入れてるのは塩だけでしょう」

まるで実際に調理しているかのような言い方である。

「はい」と私。

「三〇分くらいおいて、まずタマネギば入れます。そしてこれくらいのサバ、真ん中に骨がある。そして塩をしてある。そんなサバはおらんかなあ。そしてタマネギがすきとおるごと、すきとおってまるうなるごといためて、今度はタマナギばいためます」

「サバは生ですか」

「生。たいがいサバの汁が出てきます。そしてタマネギとニンジンば細うに切って。そのときに黒砂糖ば、入れます。いま、甘かもんが入りました」

想像上の調理は延々と続いている。

「はい」

「しょうがば、細うに切って、また、一緒にいためます。野菜はだいぶ、煮えてきた。タマネギの汁の十分しみだしてきたら、サバの身が入ります。今度は、しょうゆば入れます。こいくちのしょうゆば入れます。だいたいタマネギと、なんだったかなあ」

「ニンジン」

私が言うと、

「ニンジンに味をつけます。そして、ああ、コンブも入れにゃんとだった、一番最初に」

「米本くん、書いとかないと」

阿南さんが言う。レシピを書いておくようにと、私にノートを渡す。石牟礼さんの発言は書き留めておかねばならない、という共通認識があるのだ。

「それはぶえんずしとは違いますね」

私が言うと、

「ぶえんずし？　煮るんだろう」

阿南さんは訝しげだ。石牟礼さんがすかさず、

「いため煮にします」

「いため煮ね。米本くんにレシピを言うてください」

「塩が入りましたか」と石牟礼さん。

「はい」

「野菜コンブ、うすい野菜コンブ、サバの三分の一でよか」

「料理名はサバの煮付けですか」

「サバの……サバのしょうが煮。調味料は塩、黒砂糖、思い切って砂糖を入れたほうがよか」

「はい」と私。

「黒砂糖のかたまりはなかなかとけんけん。熱心に、根気よく混ぜ合わせます。で、椿油で伸ばしていきます。色がついてきて、黒っぽい、なんともしれん色になります。全体が。もう食べ頃ですね（まるで実際につくっているかのような満足そうな言い方）。火を止める」

聞き入る二人に石牟礼さん、

「好みによってニンニクば入れたほうがよか。ニンニクばすって入れる。生ニンニクば入れたほうがよか。そして、ニンジンの葉っぱがあれば、畑からとれとれ（面白い言い方！）の葉っぱがあれば、それも小さく刻んで入れる。葉っぱの青みを残します。だいたい終わった。あとは温かいごはん飯の上にそれをのせて」

「サバのしょうが煮か」

阿南さんが得心する。

「サバのしょうが煮どんぶり」

「どんぶりにすっとですか」

「どんぶりにしてもよか。ただ汁は」

「煮汁」

「あんまりこゆい味になりすぎる。あ、酒も入れにゃん。酒は一番最後に入れます。とろーりとした、サバの煮付け、いため煮ができあがります」

「煮付けいため」

「あとは食べるだけ。焼酎があれば焼酎も飲んでよろしい。これだけかなあ。全員でワイワイ言いながらつくったがよろしい。サバは田崎市場から買うたがよか」

「ハハハ」

笑う阿南さんにつられて私も口を挟む。

「電車の終点」

「サバがあるかどうか二、三日前に、ためしづくりに一匹買うてきて、行ったもんばかりでつくって食べるがよろしい。酒は必ず入れること。日本酒の上等でなくともよろしい」

「最後ですね、酒は」

私が聞くと、

「酒のけがとぶんですよ」

「はい」

「最後に入れんと」

「はい」

「ああ、つくって食べたいなあ」

「ハハハ」

阿南さんが笑う。

「最初コンブですよね」

私はレシピのメモに必死である。

「コンブを水につけておく。二、三本でよかです」

アロエのヨーグルトに石牟礼さんは手を伸ばす。

「冷たくておいしい。昔、アロエば畑につくっとった」

「あ、そうですか」

「いっぱいつくっとった」

「クスリ代わりですね」

「一人で食べてよかっだろか」

「どうぞ一人用です」

「また買お。たいへん幸せでした」

「いつもごはん前になるとなんか食べたくならす」

と阿南さん。

「石牟礼さん、また出てきます」

疲れ気味の石牟礼さんに私が言うと、

「出てきなはったちゃ、なんもいいことなかですね」

「いえいえ」

「きょうは鬱気味じゃないですか。気分がしずんどるんじゃないですか。昼からずっと発作があったから、くたびれとらす」

阿南さんもねぎらう。

「弟の一さんは歌は上手でしたか」

と私。

「はい」

「『葭の渚』に書いてありました」

「はい。なんちゅうか、男には珍しか叙情的な、声でしたね。伸びやかな」

「伸びやかな」

「はい。職場からの帰りによく歌って帰りよりましたね」

「あー。娘のひとみさんは一さんに似ていますか」

「似とらんですね」

「お母さんのほうに似ているんですかね」

「はい」

発作の前兆のスースーという息の音聞こえる。

「また発作。あと三十分でごはんですけどね」、阿南さんが言う。

「お腹がゴロゴロしている」と石牟礼さん。

恩寵の光

二〇一七年初夏のある日、介護用品会社の男性社員が新しい車椅子を持ってきた。「中村」という名札を見て、石牟礼さんが「栄町時代の先隣りの家が中村さん。鍛冶屋さんでした」と言う。私は「それは奇遇です」と応じる。

石牟礼さんは複数の財布におカネを入れていた。七千円とか四万円など。「これで安心した」と言いつつ、「おカネのことはすぐ忘れる。困ったなあー」と嘆いた。

町田康さんが新作長編『ホサナ』を石牟礼道子さんに送ってきた。七百ページの厚い本。目がかすむ石牟礼さんのために私が読み上げる。

「私はドッグランに行こうとして……」と冒頭辺りを読む。「ドッグランってなんですか」。すかさず石牟礼さんが聞いてくる。知らない言葉を放っておかない。「店の名です」。「はい、はい」と安心した様子なのだ。

午後三時、パーキンソン病の貼り薬の時間である。

「(肩に)クスリを貼らせていただきます」

「はい」

「前のクスリをはがします」

「はい」

「痛いかもしれません」

「痛うして気持ちがよかよ」

「はい、いきまーす」

「まだ痛くてもよか」

「じゃ、今度はこっち側に貼りますね」

「はい」

「貼りまーす」

〈きょうも雨　あすも雨　わたしは魂の遠ざれき〉

水俣では魂が遊びに出て一向に戻らぬ者のことを、「高漂浪《たかざれき》の癖のひっついた」「遠漂浪《とおざれき》のひっついた」などと言う。遠ざれき。『ホサナ』が醸し出す放浪の気配と、石牟礼さんの「遠ざれき」のイメージが重なって、私は夕暮れの道を独り歩く気分になる。

「ここは海外ですか」

石牟礼さんに聞かれた。

「ここは熊本です」

「あら！」

「健軍地区の石牟礼さんの仕事場です。さっき渡辺さんも来られました。時々、わからなくなりますか？」

「わからなくなります。しっかり覚えておこうと思ったのに忘れている。あらー、ゆうべのこと、もう忘れた」

〈日は日に／昏《く》るるし／雪ゃあ雪／降ってくるし／ほんにほんに　まあ／どこどこ／漂浪《され》きよりますとじゃろ〉

　三十歳代に書かれたと推定される石牟礼さんの詩「糸繰りうた」。幼い頃、道子の「漂浪き」は始まった。

　実家の吉田家が水俣の栄町で石屋として羽振りのよかった時分、精神を病む祖母おもかさまと道子はいつも一緒だった。祖母は道子を膝にのせて歌う。

〈どまぐれまんじゅにゃ泥かけろ／松太郎どんな地獄ばん（ばい）／おきやがまんじゅに墓たてろ／どこさねいたても地獄ばん／こっちも地獄／そっちも地獄〉

「おきや」とは祖父松太郎の隠し妻である。〈ばばしゃまはなして白髪の生えた？／ふふふふ／松太郎さまのだまかさしたけん〉。夫の暴虐で白髪になったというのだ。

雪の降る日、おもかさまは外に出る。道子が探しに出る。雪の中におもかさまは立っている。雪をかぶった髪が、青白く、炎立《ほむら》つ。

〈汚穢《きたな》かもんなちーぎれ／役せんもんなしーね死ね／綿入れの綿もうしてろ／男もおなごもべーつべつ〉

狂気はもう一つのこの世への回路である。道子の隣に異界が口を開けていた。

〈私の中に祖母はおごそかにうつってくるのでした。じぶんの体があんまり小さくて、ばばしゃんぜんぶの気持ちが、冷たい雪の外がわにはみ出すのが申しわけない気がしました〉と、道子はのちに書いている。

事業に失敗した吉田家は海に近い村に移る。掘っ立て小屋での生活。道子は十歳だ。盲目のおもかさまは河口に出たがる。〈お迎え舟〉が来るのを待っている。

「港に大きな船の来とりやっせんじゃろうか」

「大きな船なあ。どこに見えんがなあ」

幼い道子に、〈お迎え舟〉とはなにかよくわからなかった。しかし、おもかさまのただならぬ様子や、人々の態度から、〈お迎え舟〉とは、生涯かけて遠ざれきした人が、流浪の果てにわがものとする、もうひとつのこの世からの恩寵《おんちょう》の光のごときものだ、ということは感じていた。

石牟礼さん六十五歳の小説『十六夜橋』の志乃（おもかさまがモデル）は〈お迎え舟〉を待ち望む。『十六夜橋』は南九州の土木業者、高原家の物語である。道子の父母、祖父母らをモデルに、人がそこから生まれそこへ帰っていく不知火の風土が語られる。どの人物も業を背負う。苦しくつらいが、生きることそのものが業である以上、耐えるしかない。

作品の最後、志乃が海に入る。〈お迎え舟〉は来たのである。作者も書いていて思わぬ展開に驚いたのだろう。綾（道子がモデル）に「その舟はどこにゆくと？」と言わせている。交わされる言葉は道子のルーツというべき雅やかな天草弁である。

「どこにゆくか、わたしは知らんとばって、お迎えに来て下さい申《も》す」

「どこのお人の、迎えに来らい申す？」

「あのなあ、よかお人の、迎えに来らいます」

悲哀を文字に刻む辛抱強い文学的営為が、舟の到来を促したのだとみるべきである。もう夜なのだ。白衣をまとった行者たちの声明。その声に志乃も和する。

〈生老病死の苦しみも／みなこれ火宅の焔にて／魂中有に入りぬれば／一人も随《したが》うものぞなき／このとき誰をか頼むべき〉

「舟の来たちゅうわな、この雪降りになあ」と志乃は言う。月の光に煙る海が雪原に見える。ここに至って作者は〈お迎え舟〉を書き得たという手応えを得たに違いない。おもかさまと共に渚にたたずんだ少女のときから、半世紀以上が過ぎた。なんという長い「漂浪き」であったことか。

「ばばしゃまあ、お志乃さまぁ。風車じゃあ、風車あげまっしょうぉ」

綾は叫ぶ。長いこと抱えてきた文学的宿題に決着をつけた道子の安堵の叫びと受け止めてよさそうだ。「漂浪き」を続けることは無駄ではなかった。風車はおもかさまへの御礼の品である。「乗せてゆこうわな風車をば。美《よ》か舟じゃなあ」

〈未来はのうといえるだけ　ただめでたきはそれのみぞ〉

新しい俳句をまた見つけた。未来に希望は持てないというのである。たんなる厭世《えんせい》観の表出に終わらせず、英語の「ＮＯ」を平仮名の「のう」と書く。石牟礼さんらしい飄逸《ひょういつ》味満載だ。

「私も英語を使うことが、一生にいっぺんくらいあってもいいでしょう」

すまし顔。コクリとお茶を飲む。

ドアを開けて渡辺さんが入ってくる。

「毎日ね、声を出す練習をしよう。インタビュー受けても、声が小さくちゃ、相手は聞き取れないですよ。毎日発声練習するようにね。大きな声をね、あーでもいーでも。声出す稽古をしなさい。いいですか、少しは自分で努力しないと。あなたがなに言っているか聞こえないと、対話ができなくなりますから。ね。いいですね」

いったん姿を消した渡辺さんがまた入ってきた。石牟礼さんのためのノート類を買って来たのだ。

「発声練習をしなさい」

そう言う渡辺さんに、

「パタカラ、パタカラ、パタカラ、パタカラ」

石牟礼さんの部屋に「お口の体操」と題した紙が貼ってある。「パピプペポ／タチツテト／カキクケコ／ラリルレロ」の四行の横書きだ。左端の文字を縦に読むと「パタカラ」になる。

渡辺さんは目を細めてじっとしている。石牟礼さんの滑舌に満足し「よし」とうなずく。帽子をかぶって帰ろうとする。

「京二さん！」

部屋中に響く大きな声だ。

「はーい」

「京二さん、聞こえましたか？」

「聞こえましたよ」

「お気をつけてお帰りください」

「はい。声がよく出るじゃないの」

ハルノ

二〇一七年の夏、作家のいとうせいこうさんが、インターネットで石牟礼道子さんの文章を引用して、面白い指摘をしていた。

〈『春の城』(石牟礼道子)冒頭にこんな一節が。「夏の日盛りに洋傘をさした男の人をこのごろみない」。昔はさしていたことの描写。近頃の男は日傘なんか…と言う人は間違えている〉

最近、日傘をさす男性が増えている。〈近頃の男は日傘なんか…〉となじられる場合がある。しかし、〈昔はさしていた〉のだから、男性が日傘をさすことへの批判はあたらない、というのである。日傘をさした男性の肩を道子さんがポンと叩いたようで愉快だった。

同年、石牟礼道子『完本　春の城』が刊行された。天草・島原の乱を描いた長編小説『春の城』と、取材紀行文『草の道』を合わせた九百ページに及ぶ大著である。

両作とも単行本化され、全集にも収録済みで、おなじみといえばおなじみなのだが、先の石牟礼大学で『春の城』が主要テーマとして浮上するなど、『春の城』を見直す機運が急速に高まっているのだ。

『春の城』は徳川三代将軍家光の時代、女性子供を含めた三万七千人の一揆勢が島原の原城に立てもこり、幕府軍十二万人に抗し、全滅するまでのてんまつを描く。「原」は「はる」と読む。「春の城」は「原の城」、一揆勢の拠点となった原城を指す。

通読する。『春の城』の執筆準備として書かれた『草の道』がおもしろい。道子さん自身、〈読み返してみて、おやと思うのは、小説「春の城」よりも、素描であるこちらの方に気を入れて仕上げている箇所がままあることである〉というほどなのだ。

両親への思慕を吐露する部分がとりわけ生彩を放つ。〈父亡きあとはじまったわたしの天草恋いはもう二十年になる。もとの日本人探し、もとのわたしの、親の祖《おや》探しかもしれない〉

父亀太郎が亡くなったとき、土葬の手続きに役場の人が来た。母ハルノは、亀太郎の生年月日を聞かれても、答えられない。「わたしはなあんも知らずにおりました」と言うのみである。夫の生年月日だけではない。自分の生年月日も、結婚した日も、子供たちの出生日、戸籍も、何ひとつ知らないのだ。そんなハルノは近代的な「数字」「制度」とは無縁の、万物と交歓する前近代の民の一人だった。

ハルノが畑に出る。作物に「大きくなったねえ」と話しかける。小豆や夏豆の時期にはこう言うのだ。「ほらこの豆は、団子のあんこになってもらうとぞ、鼠女どもにやるまいぞ、小さな子は鼠女どもにやるまいぞ」。小麦も鼠も人間も、団子もあんこもハルノにとっては同族である。

『春の城』は最初の単行本化のとき、『アニマの鳥』という題だった。「アニマ」は「魂」のことをいうが、さらにくわしい意味を社会学者の鶴見和子さん（一九一八―二〇〇六年）に問われた石牟礼さんは次のように述べている。

〈永遠なるものですね。不滅、死なない。ある時は死んだ形をしていても、あるいは死ななければ復活しないみたいなもの、非常に簡単にいえば、たびたび死ぬからこそ蘇《よみが》えって、永遠なるものになってゆくのだと、書きながらずっと思っていました〉

鶴見さんは不知火海総合学術調査団の一員としてしばしば石牟礼家を訪れ、ハルノの手料理で「魂入れ」をしてもらっている。おそらくハルノが念頭にあるのだろう、次のように言う。

〈すべてが平等なのよ。虫けらもシジミも貝も、全部同じように魂をもって、お互いに魂をもつものとして話をし、語り合い、ともに支え合って生きている〉

鶴見の言葉を道子さんが捕捉する。

〈一個の生命が誕生した、その誕生した生命がこの世界に遍満しているほかの生命たちと

交歓しあっている、交流しあっている、そのひとりなんだけれど、ひとりではない〉

天草四郎を総大将とする一揆勢の相手は、藩、諸国大名、幕府と、徐々に強大化していく。しかし、アニマは不滅であるから、四郎らは常に圧制者の上をゆく。乱を起こした一揆勢の目的はパライゾ（天国）をこの世につくることではない。「この世の境界を越えたところに、いまひとつのこの世が在《あ》るということでございます」と四郎は言う。

道子さんが心血を注いだ水俣病闘争も「あの世」でも「この世」でもない「もうひとつのこの世」を求めたのだった。天草・島原の乱と水俣病闘争が一体のものとなる。

思いがけないけがをした石牟礼さんは、二〇一七年の夏、ベッドで過ごしていた。

遠方の知人がお見舞いに来た。知人の手を握った石牟礼さんは、「私の父は、石工でした」と語り始めるのだった。

父の亀太郎は、母ハルノと同様、前近代の民、いわば精霊の眷属《けんぞく》である。

〈やまももの木に登るときゃ、山の神さんに、いただき申しやすちゅうて、ことわって登ろうぞ〉

そんな父と山を歩く。大きな岩があると父は立ち止まる。

「道子、石の中にも花が咲く」

すぐにかき消えた花の幻は、アニマの光跡がこの世にこぼれ出たものだろうか。

二〇一七年八月十八日、熊本県八代市の作家、前山光則、桂子夫妻が石牟礼道子さんを見舞う。事前に話を聞いていたから、おもがわりの変化には驚かなかったという。しかし「小さくなった」と感じたという。

「食べて元気になってください」

前山さんが言うと、

「生きるのに飽き飽きした」

「そんなこと……」

絶句する前山さんに、石牟礼さんが言う。

「書きたいことはたくさんあります」

渡辺京二さん来る。石牟礼さんが気を失った経緯など話す。現在の体重二十七キロ。

「前の骨折のときは幻覚を見たが、今度は幻覚はないね」

道子さんが口を開く。

「いま、目の前で、しきりに雪が降っています」

パーキンソン病発作時の景色はどんなものだろう。症状が落ち着いているときに私は聞いてみた。道子さんは次のように語るのだった。

「発作がくると、頭の中がおかしかです。天井が色が変わってくる。渡辺さんの顔が壊れてくる。顔はあるのはわかるですけど、どなただかわからんごとなります。発作の一番極限では。そして天井の色が変わってくる。そして、時計が二つに見えます。二つに見えたり三つに見えたり、そして針がわからん。何時だかわからん。そこに電気が見えますけど、一番はしっこの丸いのが、長くのびたり短く見えたり。撮影しようごたる見えます。私ば撮影しようごと。そしてあそこの、あかりとりの長い窓ガラス、晩は電気になります。電気の色に。そしてこれも見えなくなる。丸い電気も。小さくなります。そして、手もかなわん。そして、なぜか生唾が出てくる。紙ばあてとかんと、よだれんごとして、その生唾がここから落ちる。こんなにたくさん（と下のゴミ箱を示す）」

「一日、二回ですか」

「だいたい二回ですね」

と道子さん。

「きょうは朝、一回終わってますね」

「はい。だいたい時間も決まってきた。朝は八時前後ですね。そして二時間か三時間か。きょうは短かったですね。早くきたけど。声も変わってきます。話しかけられても返事ができない。息ができきんけん。どぎゃんありますかと言われて、返事ができんです」

「発作に体をのっとられる感じですね」

「はい」

「クスリ直前にのんだほうがよかですかね」

「直前にのんだほうがいい。予感がするとすぐ来るです」

「予感とは」さらに私は聞く。

「息が詰まってくる。はく息すう息が、かよわんとですよ。調和しない。吸うても、それが、入っていかん。ばらばらな感じですね」

「ばらばら、そうですか」

「止まっとるです。しばらく」

「時々、そうですよ。止まっています」

「それが長く続けば窒息するでしょうね。だれも知らんうちに死ぬかもしれませんよ。うん、いつか止まるでしょう」

「昼でも、時々、止まっているときがあります」

「はい。夜八時半に眠りぐすりをのみます。で、息が正常にならんうちにのんだほうがよかろうと思って、のむと、十時がくるのがわからんです。以前は、十時がくるまでわかっとったですけど、最近は、わからんですね。眠っとるですね」

光の穂

右手の指のアップ。メリハリをつけるため意図的にボカしたのか、中央の、ゾウさんの鼻のようなゴツゴツと湾曲した人さし指は、私には大廻《うまわ》りの塘《とも》にしか見えない。

熊本市現代美術館の「誉のくまもと展」に写真家、石内都さんの「不知火の指」と題したモノクロ連作七点が展示された。『文學界』二〇一七年十月号の巻頭にも三点載った。被写体は石牟礼道子さん。

写真機とは、〈まだ人間が神の恩寵を受けることが出来ていた時代の、魔術ではあるまいか〉と石牟礼さんは書く。『花びら供養』に、写真を論じた文章数点が収められている。〈恩寵は、写されている人びとの魂の世界から、見るものの方へやってくる〉

桑原史成さんの写真集について述べたものだが、まるでこの石内さん撮影「不知火の指」に言及しているかのようだ。光の穂が海になびく。石牟礼さんの魂の世界から延びてくる、大廻りの塘が――。

「大廻りの塘」とは、水俣川河口を不知火海に向かって下り、左側に大きく迂回した渚をいう。もともとは遠浅の浜であったらしい。現在の塘は、チッソ工場のカーバイド残渣《ざんさ》の下で〈生き埋め〉になっている。

〈この列島の近代というものが、おのが産土《うぶすな》の風土を、いかに骨ぐるみ腐蝕させ、隅から隅まで再生不能と思えるほど化学毒の中に漬けこんできたか〉

石牟礼さんの祖母おもかさまが精神に変調をきたし、「神経殿《どん》」となったのは、石牟礼さんの母ハルノさんが十歳の頃だ。親を頼ることができなくなったハルノは「自分のほうが、親にならんば」と思ったという。おもかさまの母、さらに、その母……。石牟礼さんが好んで使う「妣《はは》」という語は、苦難を生きる代々の女性の総称である。

幼い道子は、〈二十一世紀の病根をことごとく先取りしていた〉祖母と一緒に大廻りの塘をよく歩いた。生まれたての生命が行き来する。鳥、魚、舟たちの夢……。

〈かの土手はその受難のゆえに、「神経殿とその孫女」を選びとって、はやばや憑依しておいたと思う〉

石牟礼さんの指といえば、私には、原稿用紙の上をさらさらと動く指が思い浮かぶ。年齢相応に節くれ立った指。その指が文字を紡ぐ。字を書かないときは、たいてい、その指は地図を描くのだ。私はもう何枚の地図の作製に立ち会ったことだろう。育った栄町、チッソ工場、丸島港……。地図上を行き来した石牟礼さんの指は、大廻りの塘に行き着く。

「大廻りの塘、ご存知ですか」

地図を一枚仕上げるたび、石牟礼さんは私に尋ねる。私は絶句してしまう。石牟礼さんの著作に再三登場する大廻りの塘である。「知っています」というのはたやすいが、本当の意味で知っているだろうか。

水俣病闘争の決戦場として語り継がれる大阪のチッソ株主総会（一九七〇年十一月）。その翌日、修羅場をくぐり抜けた患者らは、巡礼団として高野山に登る。サクラを慕う娘を水俣病で亡くした母親が夢を見た。石牟礼さんが代わって書く。

〈蝶々がですね、舟ば連れて、後さきになってゆきよるのでございます、花びらのようでもありました。光凪で、おしゃら狐が漕いでゆきよりましたがなあ、影絵でしたけど〉

そのキツネは、大廻りの塘にいたキツネに違いない、と私は思う。『水はみどろの宮』の千年生きたキツネも同じことだ。それら精霊は意識的に招き寄せることができない。たゆまぬ希求の果てに訪れる天啓のようなものだ。大廻りの塘で遊ぶ幼い道子にもキツネと同じ尻尾があったはずである。石牟礼さんの語りの中だけに、大廻りの塘は存在する。

『花びら供養』で特筆したいことは、『苦海浄土』第四部ともいうべき「許す」思想が全面的に展開されているということである。患者の故・杉本栄子さんは「水俣病は守護神ばい」と言う。〈後ろずさりしてゆく背後を絶たれた者の絶対境で吐かれたどんでん返しの大逆説がここにある〉と惨苦にひるまない栄子さんの覚悟に石牟礼さんは驚嘆する。〈水俣病とそこに生じる諸現象の一切を、全部ひきうけ直します、と栄子さんは宣言したのだ〉

水俣病闘争の象徴となった「怨」の文字に、「心に憂えることがあって、祈るような心情をいう」という意味がある（白川静『字通』）ことを『花びら供養』で初めて知った。黒旗がひるがえる空の奥の「天」に石牟礼さんは「詩の源流」の意味を込めていたという。それも初めて知る。「怨」は、うらみつらみを加害企業にぶつけるだけではなかった。「許す」思想を「怨」は胚胎していたのだ。

〈明日からお陽さまがお出ましになりません〉

入院中。夜明け前だ。若い女の声が闇の中から聞こえた。太陽がもう出てこないと大変である。人に告げても相手にされない。もしかしたら、生類は、〈名残りの世を生きているのではあるまいか〉と思う。滅んでいるのに、滅んでいないつもりなのか。

病院に行く。石牟礼さんが寝ている。近づいて一礼すると、「あら」と右手を上げた。どうしても、右手の人さし指に目がゆく。

時間の形

「あー、ドキドキする」。二〇一七年九月十五日夕方、熊本市の病院のエレベーターの中、写真家の石内都さんが緊張の面持ちである。食堂の隅に渡辺京二さんの背中が見える。石牟礼さんとなにやら話し込んでいる。石牟礼さんに近づいた石内さんは、「私のこと、おぼえていますか?」と話しかけた。

石内さんは、熊本市現代美術館の「誉のくまもと展」に連作「不知火の指」のモノクロ七点を出品した。被写体は石牟礼さん。二〇一四年と一六年に撮影した。七点のうちの一点は右手の指のアップである。〈中央の、ゾウさんの鼻のようなゴツゴツと湾曲した人さし指は、私には大廻りの塘にしか見えない〉と私は書いた。

石内さんは内覧会に出席するため熊本に来たのだ。翌日の展覧会のトークにも参加する。病院に着くまでの間、石内さんはタクシーの中から、トラックに乗った秋祭りの馬に何度もカメラを向けた。台風が接近中だ。

幼い石牟礼さんはここで精霊やキツネと遊んだ。自らにも尻尾があったかもしれない石牟礼さんの魂のふるさとといっていいだろう。塘は現在、チッソ工場のカーバイド残渣の下にある。

石内さんが石牟礼さんに会うのは過去二回の撮影に続き三回目である。石内さんは石牟礼さんに「不知火の指」を見てもらおうと図録を持参したのだ。自分の指のアップに見入った石牟礼さんは「ここには火葬場がありました」と口を開いた。ちょっと鼻にかかった石牟礼さん独特のあまい声だ。

石内さんに緊張が走る。

「あ、石牟礼さん、今、火葬場があるっておっしゃった？　私の写真が、水俣の風景に似ているの？」

石牟礼さんは石内さんより二十歳近く年上なのだが、石内さんは友達口調である。芸術家同士、フランクに、という親愛感にあふれていて、石内さん独自のコミュニケーションの始まりを感じさせる。指の写真が、石牟礼さんには、自分の生まれ育った場所に見えている。そのことに石内さんは感動している。

「ススキが生き物のようで神々しかったですねー」

石牟礼さんは手を伸ばして写真に触れる。地図で思い出を探るときの仕草とそっくりだ。

「ほんとはね、石牟礼さんの指ですよ」

「指ですねー」

石牟礼さんも自分の指だということはわかっているのだ。

「だけど火葬場があるのですね」と石内さんが念を押す。

「このあたりに貝が、ハマグリ、アサリがとれる浜がありました。友人や父とたくさんとりました。私の遊び場でした」

「小さい時？　とんとん村というところにいた頃？」

「はい」

「大廻りの塘のことは石牟礼さんの本で読みました」

石牟礼さんは「(指の写真が大廻りの塘も含めた) 水俣川に見える」と言う。「うーん」と石内さんがうなる。

「こっちのほうに町があって田んぼがあって畑があって小川がある」

石牟礼さんは幻視する作家である。彼女の指は、時空を超えて、幼い頃に戻っている。そのダイナミックな魂の軌跡を石内さんのファインダーがとらえたのか。しかし、石牟礼さんの魂が故郷へUターンするきっかけをつくったのは石内さんの写真なのだ。

渡辺京二さんが石牟礼さんの身の回りを片づけている。

渡辺「じゃ、この新聞、処分するよ。いいね、なにも載っとらんけん。載っているのはぜんぶ私が切り抜いているから。いいね？」

石牟礼「はい（小さい声）」

ジュースをコクリと飲む。

石牟礼「これはおいしいです。冷蔵庫に入っています。それを出してさしあげたいけど、コップがありません」

石内「どうもありがとうございます」

渡辺「飲ませたいわけね。もうよかー、もう」

石内「サービス精神が」

石牟礼「それしかないんです、いま」

渡辺「いいって。何度も言うように、患者さんをお見舞いに行って、患者さんからもてなしてもらおうと思っている人は一人もいないの」

石内「すごいです。このもてなしの気迫」

石牟礼「それじゃあ、私が患者さんからもてなしてもらおうと思っていることになるじゃありませんか」

渡辺「いえ、なりません。そんなこと言っているんじゃありません。ひねくれ者だな、あなた。若いときからこの調子で文句ばっかり言ってきたの。若い頃の文章見てみたら、もう、文句ばっかり書いているの。すごいね」
石内「抵抗の意識です。あきらめない」
渡辺「いいお父さん、いいお母さんに育てられて、いったい、なんの文句があるかって。若い頃、ノートに書いた家族や周辺の人への文句、すごいですよ。このエネルギーは。石牟礼さん、いま、腹かいているでしょ?」
石内「腹かく?」
渡辺「腹かく」
石内「鼻をかく」
渡辺「鼻じゃない、腹」
石内「腹かく」
渡辺「肥後弁で腹をたてているということ」
石内「へえ、怒るっていう意味?」

木村伊兵衛賞や毎日芸術賞を受けた石内さんは「皮膚や衣類と時間」をライフワークとする。対象の向こうの久遠に思いをはせる。熊本には縁がなかったが、かつて石内さんが被写体にした伊藤比呂美さんの紹介で石牟礼さんと会うようになった。

石牟礼さんと伊藤さんが似ているとはよく言われることだが、石内さんと石牟礼さんも似ている。顔が、というより、人の顔の向こうに、別のビジョンを見ているような雰囲気が似ている。

二人の面会を見届けた翌日、私は、「誉のくまもと展」会場に行った。石牟礼さんの指と改めて向き合いたいと思ったのだ。焼けた女学生の制服、熱線を受けた時計……。これら被爆資料が「不知火の指」と同じフロアにある。被爆と指が、つながっていると感じられるのはどうしたことか。

「被爆から七十二年。水俣病事件は去年で六十年。時間の積み重なり方、戦後の歴史です。広島と水俣。とんでもない大きな事件の中の、象徴的なもの」と前日に私は石内さんから聞いていた。「ささくれだっていたり、割れていたり、石牟礼さんの指は、彼女のやさしさ、そのもの。指は、時間の形です。若い人には、こういうものがない」

石の中の花

熊本県立美術館分館で開かれた「水俣病展2017」。五百人もの患者遺影など、本やインターネットでは得られない臨場感あふれる展示が圧巻だった。要所には石牟礼道子さんの文章が掲げられている。解説というより、展示物に命を吹き込む尽きざる魂の泉として、展観を支えていた。

水俣の表現者第一世代、写真家・桑原史成さんの作品の吸引力は格別である。被写体となった胎児性患者、半永一光さんの一家は『苦海浄土』の杢太郎《もくたろう》一家のモデルだ。母親を欠いた家。寝転がる一光さんや兄弟たち。貧しい生活の中の一瞬の安らぎ。少年に添い寝するかのように、道子さんの文章がある。

〈互いに無償の肉親愛だけが、内側から微光のように、不幸な家をひたしている〉

二〇一七年十一月二十二日午後、石牟礼さんを訪ねた。水俣の再生を願う「本願の会」発行の『季刊　魂うつれ』最新号（第七十一号）を読んでいる。題字は胎児性患者の鬼塚勇治さん。豪放な「魂」の文字を石牟礼さんが手でなぞる。

「（鬼塚さんは）魂をテーマに何かやるということは、この字を書くまではなかったのでしょう。魂という、この字は難しい。叙法が違っても、書く。力強いですね」と石牟礼さんは賛嘆する。

表紙から目を離さない石牟礼さんから、ぽつりぽつりと、呪文のような言葉が伝わってきた。「……水俣病は、終わっておりません。たくさんの人が、闘っております。女の人と、子供を、守って、ください。水銀のことを、ちゃんと、してください」

胎児性患者、坂本しのぶさんの言葉を石牟礼さんが声に出して読む。同年九月にスイス・ジュネーブで開かれた「水銀に関する水俣条約」の締約国会議に出席したしのぶさんは、不自由な体に残った力を振り絞るように思念を吐露するのだ。

「遠いジュネーブまで行って、みんなに話をして、えらいですね」

この日石牟礼さんを訪ねてきた作家の池澤夏樹さんだ。石牟礼さんとは二カ月ぶりの対面である。「えらいです」と石牟礼さんが応じる。

池澤さんはノンフィクション作家の柳田邦男さんと同日夜、熊本市内で講演をした。「水俣病展2017」の関連イベント。約三百人の観客で通路まで埋まる盛況だった。「一人からの可能性」をテーマに『苦海浄土』の成立について語る。

池澤さんは、「前近代の民」としての石牟礼さんの生きづらさについて語る。「自伝『椿の海の記』には同じ年頃の友達が出てこない。もうその頃から自分は一種別の人間だと思っておられたのかもしれない。長じるにつれてだんだん居心地の悪さを自覚し、自分の考えは少し他の人と違うことに気づいた。周囲とうまくいかない」

十〜二十代の石牟礼さんはハリネズミのように戦闘的である。二十八歳のとき、〈苦しみのしじまいにうんと苦しい薬をのんでやろうか。親とも弟妹とも、良人《おっと》ともまして他人さまとは早く無縁になりたい〉とノートに書く。

〈人外の境に追放された人間〉（渡辺京二）だけが抱く孤独が深甚な苦しみをもたらす。孤立による孤独ではない。親しく交わるのにわかり合えない孤独は、より深刻である。患者を救済する前に、石牟礼さんは自分自身を救済しなければならなかった。

一九五七年、三十歳の石牟礼さんが水俣の図書館でボーボワール『第二の性』を借りていた事実を最近知った。男女同権論の代表的評論である。翌年、森崎和江らの『サークル村』に参加。その六年後、高群逸枝『女性の歴史』と出合う。荒ぶる魂は自らに見合った表現の場へ近づきつつあった。

渡辺さんによると、〈人と人とのつながりを切り落されることの苦痛〉を患者と石牟礼さんは共有していた。〈彼女は患者とその家族たちに自分の同族を発見した〉のだ。『苦海浄土』誕生である。〈彼女はこれらの同族をうたうことによって自己表現の手がかりをつ

かんだ〉

一九六七年冬から六八年春にかけて、水俣病患者が孤独のふちに追い込まれた水俣の地で、石牟礼さんと渡辺さんは闘争に身を投じることを決めた。石牟礼さんが渡辺さんの「心をたたいて」共闘を求めたのは、渡辺さんもまた、石牟礼さんと同じように、孤独な魂の持ち主だと知っていたからに相違ない。水俣病闘争は一九六八年から七三年まで五年半続いた。

闘争終結から四十四年になる。石牟礼さんは起きている間、常に何か書いている。原稿用紙に向かう。原稿用紙がないと大学ノートに書く。ノートがないと、チラシの裏に書く。チラシがないと、箸を入れる袋に書く。

「これを切ってください」と頼まれ、私はカレンダーにはさみを入れた。A4サイズに切ったのをとじてノート代わりにする。「いつも何か書いていらっしゃる」と思わず私は口に出した。石牟礼さんはチラと私を見て、ペンを持つ手を止めた。「わたくしは闘っています」と言う。

そうか、と私は思った。道子さんの闘争は続いている。人間が人間を差別するとはどういうことなのか。結局わかり合えない人間同士、どうやって生の回路を開くのか――道子さんは問いかける。そんな道子さんの闘いを、渡辺さんが支える。二人が主導して世の中を動かすのを闘争と呼ぶなら、水俣病闘争は現在も継続中である。

※

二〇一七年八月一日。朝、介護施設で一時、意識消失。リハビリ病院に入院。翌日の朝、トイレに行こうとして右大腿部頸部骨折。七日、接合手術。

「手術後の経過は特段の問題はない」（担当の看護師）という。

石牟礼さん、お菓子の「鳩サブレー」を食べる。

「おいしい。三日間我慢しとった。だれも食べるかと言うてくれんだった」

看護師さんの声が聞こえると「妙ちゃんがおるとだろ」とたびたび言う。

「死んだら挨拶状を出さんばんで、新聞記者と出版社の名簿を整理してくれ」と言う。

「妙ちゃん！　電気釜に米バ入れとってくれんね！」

「妙ちゃんな何かおかずば買うて来てくれんね。野菜類がよかよ」

寝言をしきりに言う。平熱。血圧一七七〜七一。

十四日、池澤夏樹さん来熊。熊本着後、タクシーで病院へ。三一三号室。渡辺京二さんによると、道子さんの体重二十七キロなり。

看護師「ひとりで起き上がるととてもあぶない（無意識のうちに幻覚に襲われたまま行

動するということなのか）、目を離すと危ないので、お帰りになるときにナースステーションに声をかけてほしい」
池澤「ゆっくり休んでください。大変な手術をしたんですから」
石牟礼「バカみたいですね」
池澤「そんなことはないです。みんな値打ちのある大事なお仕事だから、ぼくらは喜んで待っていますけども……。それでも、ゆっくり、ゆっくりにしてください」
石牟礼「もう、ゆっくりしかできません」
池澤「石牟礼さんのお顔を見て安心して、熊本で泊まって、明日札幌に帰ります。ずっと前に転ばれたときにね、転び始めてから下につくまですごく長い時間がかかって不思議だったっておっしゃいましたよね」
石牟礼「そんなことを言いましたか」
池澤「はい。今回は普通に転んでしまいましたか？」
石牟礼「転ぶのが好きなのかもしれません」
池澤「たまたま瀬戸内海まで来てましたから、すぐに来られました」
石牟礼「私は、瀬戸内海、行ったことがない」
池澤「きれいな海ですよ。島がたくさん、たくさんあって」

石牟礼「あ、島が」
池澤「ええ。あまりたくさんあるんで、こうやって見ても島ばかりで、向こうの水平線が見えないんです」
石牟礼「ああ」
池澤「そのあいだを海の水がすごい速さで流れていて、見ているとざわざわざわざわ音をたてるくらいの海の水なんですよ。そんなところでした」
石牟礼「天草とまた違うんですね」
池澤「違いますね。水俣の海とも違って、水俣の海はずーっと向こうまで見えますよね。すっかり囲まれているけれども、囲まれているのはずーっと先のほうですよね。でも、瀬戸内海はぽこぽこぽこぽこ島があって、不思議なところです」
石牟礼「北海道には島はないですか」
池澤「北海道には島が、まわりに少しだけあります。でも北海道は大きな大きな島ですから、九州もそうですけど。九州の倍くらいあります。それで、涼しいです。石牟礼さんは東京までは何度も行ってらっしゃいますよね」
石牟礼「はい」
池澤「チッソの本社とか」

石牟礼「ろくなところに行ってないです」
池澤「ふーん。あ、でも、高群逸枝さんのお宅にずっといらっしゃいましたよね。あれが東京ですよね」
石牟礼「はい」
池澤「ぼくが小学生のときに住んでいたのが、あの近くでした。高群さんまだあそこにいらっしゃったんだと思うんですけど」
石牟礼「そうですね。不思議なご夫婦でした」
池澤「……このあいだ、樺太に行きました」
石牟礼「からふと……」
池澤「樺太は北海道よりもっと北にあって、ロシアなんですよ」
石牟礼「は……」
池澤「だけど北海道と似てましてね、ぼくが生まれて育った頃の帯広の町と本当によく似てるんですよ。木の種類とか建物の形とか。だからなつかしくて。帯広より、もうちょっと寒いんですけどね。でも白樺の木がたくさんあって、ポプラもあって。柳がいろいろあります。で、ロシア人が多いんですけど朝鮮系の方もいらっしゃる。とてもとても大きな立派な博物館がありました。それが樺太」

石牟礼「う……ん……。お小さいとき、木登りはなさいましたか」

池澤「木登りはね、あまりしませんでした。でも、雪遊びをたくさんしました。雪がたくさん降りますから。その中を転がりまわったり。それから、雪合戦をしたり」

石牟礼「雪が降ると、うれしかったでしょう?」

池澤「もう、一年の半分は雪ですから」

石牟礼「ほーっ」

池澤「十一月の半ばに初めて降って、それから全部まっしろなままで、三月末まで」

石牟礼「ほ……」

池澤「ですからぼくは小さかったから、叔母に育てられたんですけど、叔母はそりに僕を乗せて引っ張って歩いていました」

石牟礼「ほー」

池澤「このあいだおもしろいことがありましてね、ぼくの父親が、ぼくの二歳のときに書いた詩を、書いたんじゃない、口で言った詩を、書き留めておいたんですよ」

石牟礼「ほう」

池澤「それが見つかってね。その詩はですね、あのね——。〈お月さま、おいで、おいで、とんで、とんで、おいで、走って、おいで、もうすぐごはんですよ〉。それが詩人であるぼくの一番最初の作品。ちゃんと子供の発音でローマ字で書いてある。その小さなメモが出てきたんです」
石牟礼「すごいですね」
池澤「うん、まあ、初めての子だしおもしろかったんでしょ。〈お月さま、おいで、おいで、とんで、とんで、おいで、走って、おいで、もうすぐごはんですよ〉」
石牟礼「最後がいいですね」
池澤「うん。自分がほら、ごはんで、遠くから呼ばれたときの気持ちをそのままお月さまに渡したんでしょうね。もっともそのあとでその父とぼくは別れ別れになって、次に会ったときはぼくはもう高校生でしたけどね」
石牟礼「私の父は、石工でした」
池澤「はい」
石牟礼「それで山の石にあこがれて、岩山ちゅう山は石でできていますよね。大きな石がある。岩があると立ち止まって、〈道子、石の中にも花が咲く〉」
池澤「石の中にも花が咲く。うーん」
石牟礼「花が咲いていた」
池澤「石がほんとにお好きで、それから道路がお好きだったんですね」

石牟礼「はい」
池澤「だから、石牟礼道子という名前には、結局、両方、入ることになりましたね。石も道も」
石牟礼「……さまよっていたんだなあと思う（前半、聞き取り不能）」
池澤「うーん。昔の水俣にお帰りになりたいですか」
石牟礼「そうかも……ないですね（聞き取り不能）」
池澤「でも、まあ、たしかに昔の水俣はもうないわけだから」
石牟礼「もう、なかですよ。ご一緒に、散歩に行ければいいんですけど」
池澤「そうですね、一緒に散歩に行けるといいですね。それは、これからしばらく病院でおとなしくしていて、傷が治ったら、一緒に参りましょう。なんといっても、骨が折れてしまったんですから。しばらくかかります。でも、いつか行きましょう」
石牟礼「いつか行きましょう」
池澤「できれば、ぼくの運転する車で、水俣にお連れしたいです。いつも一人で行っていました。だからいつか行きましょう」
石牟礼「行きましょう」
池澤「ぼくが、あの、『苦海浄土』を世界文学全集に入れましたねー」

石牟礼「よく入れてくださいましたね」
池澤「そのあとで日本文学全集もつくって、そちらにも『椿の海の記』とか入れました。ぼくは石牟礼さんが大好きだから、どっちにも一冊ずつ石牟礼さんの本をつくったんですよ。で、それが、とてもとても評判がよくて、みなさんがぼくをほめてくれるんですよ。あれで、読めるようになりましたって。だからこの十年で、自分がやった中で、一番賢いことだった、と思っています」
石牟礼「光栄です」
池澤「いえいえ。だって、石牟礼さんのご本はそこにあったのに、なかなか、みなさん気がつかなかったんだもの。だからぼくが大きな声で、これを読んでください、って言っただけですよ。それでようやくみなさん、気がついた」
石牟礼「ありがとうございます」
池澤「でも石牟礼さんのお仕事は、読んでも読んでも、終わらない。読み返すたびに、ああ、前は全然読み方が浅かったな、と思います。渡辺さんに教えていただいて、ようやく少しわかってきました。でも、まだまだ。大変なお仕事なさいましたよ」
石牟礼「そうでしょうか」
池澤「ええ。あの、お若い頃は、生きていくのがおつらかったんでしょう」

石牟礼「はい。とてもつらかった。一日、一日、ほんとに、早く明日が来ないかなと思っていましたね」
池澤「それになかなかぼくは、気がつかなくて。水俣病の闘いが始まってからたくさんの方が石牟礼さんの周りに集まって、水俣病を通じて、とてもいい、人と人の仲が生まれて、だから、ついぼくらは、石牟礼さんは、若いとき、幼いときから、周りの人たちと仲がよかったんだと誤解してしまった。でも石牟礼さんは特別な方だから、周りの人たちは、よくわからないままに、あれはヘンな人だって言ったんじゃないですか」
石牟礼「神経殿の孫」
池澤「ああ、神経殿の孫。そうか、そこから始まっているんですね」
石牟礼「はい」
池澤「おもかさまから」
石牟礼「はい」
池澤「『椿の海の記』には同じ年の子供の友達が出てこないんですよね」
石牟礼「はい」
池澤「気がついてみると、山のあの人たち海のあの人たちはいるけども、人間たちはあまり出てこない。家族を別にすれば」

石牟礼「はい」

池澤「そういうことの意味が最初はよく読み取れなくて、それも渡辺さんに教えていただきました。若いときってのはみんな、なかなか、生きていくのがつらいけど、でも、みっちんの場合はまた、格別大変だったでしょう。そのあとで、短歌をお書きになるようになって、でも、短歌では言い足りなくて、そうやってだんだんに、書くことで、自分のことを言うようになって、なんかそういう筋道を、ようやくぼくは納得できました」

初恋

三年前の二〇一六年一月、石牟礼道子さんの枕元に黄ばんだ原稿用紙があったのを思い出す。「渡辺さんが見つけてくださった」と石牟礼さんは言う。仕事場の段ボールの底にあったのを渡辺京二さんが見つけて持参した。三十枚。「不知火」という題名が付いている。道子十八～十九歳の作である。

渚をさまよう少女の話だ。〈汐鳴り　松風　星の影　朽ち果てた小舟。十六夜の盆月、この海、名づけたり不知火の海〉。乙女は〈われはもよ　不知火おとめ　この浜に　いのち火焚《た》きて消えつまた燃えつ〉と口にする。

『苦海浄土』の後に書かれた自伝的作品『椿の海の記』『あやとりの記』の原形のような世界である。しかし、発見後、「不知火」が、十分に論じられたとは言い難い。以下は、「不知火」発見直後の石牟礼さんとのやり取りだ。

〈渚の音、わきいづるトロイメライ……やわらかく侵蝕された岩が低く点在し、ゆるやかな砂浜の線の上へ波のうねりが裳裾を引きます〉

私の朗読に合わせて、石牟礼さんがライト付きの虫眼鏡で文字を追う。古くひびわれた原稿用紙には訂正や書き込みがおびただしくある。

〈この世に悲しみを持つ程に、人は美しくなるとか申します。物狂いの心程、一筋なものはございませぬ〉

こんどは石牟礼さんみずから朗読する。快調に読み進める石牟礼さんの声が、〈乙女はひとりの男の子を想うておりました〉の部分で止まった。

十四歳の春の日、学校の庭で会った少年に恋をした。

〈男の子は黒い眸を持っていました。その眸の上に迫った眉は、青白い顔の色と共に気むづかしい様子ながら、それが何か愁わし気な風情を加えて、人の気を引かずにはおれない様に思えました〉

「この少年、実際にいたのですか?」と問うと、「実際にいました」と答える。

「書いたのは十八、十九歳でも、主人公は十四歳。朝も昼も少年を思っていたというのは十四歳の頃のことですね?」と念を押すと、石牟礼さんは「はい。ずいぶん長いあいだ思っていました。水俣実務学校の同級生。農業科の級長でした」と明かす。「身元は調べたらわかりますね」と言うと、石牟礼さんは「調べるのはよかです」と首を振る。

「面影は浮かんできますか? 当時だから、ボウズでしょう」

「ボウズですねー。男の子は軍事教練もありよったです。コメがない時代でしたから、からいもやじゃがいもを農業科でつくって、からいも畑に掘りに行けば、会うこともありました」

「兵隊には?」

「それ知らんです。行っとらんのじゃないかなあ。湯の鶴にあった、家が」

湯の鶴は水俣川源流に近い山の温泉である。道子の分身たる「不知火」の少女は、〈己れに振り向けられる男の子の微笑みが欲しい〉との願いを抱いて、湯の里を目指す。〈谿ぞいの切り岸道を　ほろほろと　涙ながしてゆきにけるかも〉と呟きながら。

稲妻のような湯の白い煙。〈この中に身を任せたら、あの救いと言うものが、あるのかも知れない〉。山中行は突如、〝自殺行〟の様相を呈する。

〈今更に男の子の姿を垣間見ようとは空恐ろしい〉と思う一方で、〈あの海の丘へ不知火のところへこの命を移したら、せめて男の子が一生のうちには、わたくしを見やる時もあろうかと願いました〉という。人の世の醜さを嘆く少女だが、少年を恋する本能を大人への一歩と自覚し、醜さとなれあうのではないか、という不安を抱いてもいる。彼岸を見つめ、この世ならぬ不知火の霊火にあこがれる。

〈ふるさとの海辺の沖にともると言う、不知火の火はあの火かも知れないと言う気が致し

ました。「あの火のところへ　不知火のところへゆきたい」〉

希求の果ての、夢幻のような世界。水俣病闘争で道子が求めた「もう一つのこの世」を思い起こす。「不知火のところへゆきたい」とはたわいないあこがれに似て、無垢な世界から出て、この世を生き抜くという、現実的な闘争宣言でもあるだろう。

「不知火の火が一つともった」と口にして、少女は目覚める。

〈里の人らにかこまれて初めて目をみひらいたとき、乙女はもう誰とも口をききません〉

当時の短歌〈おどおどと物いわぬ人達が目を離さぬ自殺未遂のわたしを囲んで〉を連想させる。そうとは書かれていないが、死の岸に渡ることができなかったことが示唆されている。

〈物言わぬようになった乙女には、風の音も、一茎の草も、あらゆる自然の一つ一つが、みんな、言葉を持っているのが、ちゃんと判ります。何のためらいもなく、それ等のものと、言葉をきくことが出来ました〉

そう、道子は言葉で道を開くのだ。

「恋という字を、まったく使っていないでしょう」と石牟礼さんが言う。

「あー、そうですね。本当だ」

「恋という字を使うのが、とても恥ずかしい」

しばし沈黙ののち石牟礼さんは、「(少年のことは) だれにも言うたことがありません」と呟く。

石牟礼さんは縫いものを始めた。もんぺのような形のスカートの腰紐に触れている。ゆるいのでもっときつくしようというのだ。ふと、手を止めて、「卒業してから、それから会わんですもん。その後、どこで、どんなふうな生涯を過ごしたのかなあ」。

第三章　道子さんがいない

同伴者たち

東京都千代田区の有楽町マリオンはビル群の中にあった。花を一輪、胸に抱いた人たちが列をつくっている。水俣フォーラム主催の「石牟礼道子さんを送る」は二〇一八年四月十五日に開かれた。石牟礼道子さんのお別れの会である。

私は飛行機で福岡から来たのだ。正直、石牟礼さんが亡くなるとは思っていなかった。状態はかんばしくなくとも、今度も持ち直すと思っていた。ホール正面に水俣に住んだ写真家塩田武史さん撮影の道子さんの大きな写真がある。千人収容のホールは満席。この壇上で自分が話をすると思っただけで気が遠くなりそうだ。

与えられた時間は十分である。漁師の緒方正人さん（思想的同伴者）、批評家の若松英輔さん（石牟礼論を刷新）、明治大学学長の土屋恵一郎さん（新作能「不知火」をプロデュース）ら十人の登壇者には話の役割分担がある。ここ数年、道子さんの密着取材と渾身介護をした私は「晩年に身近にいた」ということで呼ばれている。「天然」だった道子さんは逸話にこと欠かないが、エピソードの紹介だけでは「話に芯がない」印象を与えてしまわないか。

私が最後の登壇者、「トリ」ということでいやがおうにも緊張が高まる。道子さんの『苦海浄土』に触れて法政大学総長の田中優子さんが「天竺まで広がる空の下で、一日中漁をする前近代の豊かさが描かれていた」と話すのを聞いて、ふっと楽になった。道子さんは効率優先、利益至上の近代主義に最期まであらがったのだ。その仕事の巨大さを思えば、十分の講演に何を臆することがあろう。

壇上に行く。最前列で道子さんの一人息子の道生さんが心配そうに私を見ている。司会の実川悠太さん（水俣フォーラム理事長）も舞台のソデで気が気でなさそうだ。その実川さんの顔を見て、頻繁に道子さんを訪ねてくる実川さんを、介護施設の職員やリハビリ病院の看護師らが「石牟礼さんの息子？」と言っていたことを思い出した。私もよく「あなたは息子さん？」と聞かれたのだった。

「私も、司会の実川さんも、ごらんのように顔が似ていない。〝きょうだいなのに似ていないね〟とよく言われたものです。看護師さんらは、〝お父さんが違うのだろうか〟と不思議がっていました」と経験をありのまましゃべった。会場から笑いが起きた。好意的、と感じた。道子さんと面識があった筑豊の炭鉱絵師、山本作兵衛が好んだ「ゴットン節」が不意に頭に浮かぶ。ゴットンというはやし言葉を私は励ましの声と受け取った。ゴットン、ゴットン……。力を得た私は、「石牟礼さんの重大な局面では必ず同伴者があらわれます」と声を張り上げた。
石牟礼さんの同伴者を時系列で並べてみる。

（一）道子十九歳＝代用教員の指導教官徳永康起
（二）二十七歳＝歌誌『南風』での好敵手であり恋愛の相手でもあった志賀狂太
（三）三十一歳＝「サークル村」のメンバーで「聞き書き」の先駆者森崎和江
（四）三十八歳＝「海と空のあいだに」（『苦海浄土』初稿）の担当編集者渡辺京二
（五）三十九歳＝「女性史」の先覚者高群逸枝の夫で編集者橋本憲三
（六）四十一歳＝『苦海浄土』出版に尽力した上野英信
（七）四十二歳＝水俣病闘争の共闘者渡辺京二

慈愛に満ちた両親（ハルノ、亀太郎）に育てられたのに、道子は「この世はいやだ、この世はいやだ」と始終悶える子だった。優等生として過ごしつつ、周囲の人たちへの違和感、嫌悪感を持て余していた。十代の道子のノートは世間への呪詛に満ちる。成人後も、「この世からずれている」という思いから逃れられない。

私のいう「同伴者」とは、怨嗟や憤怒に満ちた天然ガスのような道子の情念を前向きな創造的エネルギーに変換し、この世での道筋をつくることができる人をいう。最初の同伴者となった徳永は文学者ではなく教師だったが、手紙のやり取りを好んだことから、懊悩《おうのう》する道子の絶好の文通相手となった。報告書の体裁をとった徳永への長めの手紙が「タデ子の記」という作品として残ることになる。

最も大切な同伴者は渡辺京二さんだ。『苦海浄土』以後、半世紀余り、影響を与え合って共に歩む。際限なく書き直す道子さんの原稿の清書をするのは、大変な忍耐と体力が要っただろうが、仕事の意義を思えば苦にはならなかったのだろう。

「もう二度とここには来ないぞ」とけんか別れすることもある。渡辺さんが家に帰りつく頃、石牟礼さんは「先ほどはすみませんでした。あなたがいないと私は生きていけません」と電話をかける。渡辺さんは「また明日、行きますからね」と応じて一件落着。私はいつも名優の舞台を最前列で見ているような気がしていた。

以上のような趣旨の話を、随時脱線しながら（道子さんの影響なのか真似なのか枝から枝にそれる）、私は進めた。

ゴットン、ゴットン……。時折起こる、地響きのような笑いが私の背を押す。終わって頭を下げる。

ひときわ大きなゴットン、ゴットン、ゴットン……。

道子さんの写真を見上げる。「あら、まあ、不器用なあなたが」と言うときの、ちょっとおすましの顔の道子さんが、ねぎらいとからかいを含んだ目で私を見たような気がした。

サクラの花

石牟礼さんは亡くなる十日前の二〇一八年一月三十一日、「村々は／雨乞いの　まっさいちゅう／緋の衣　ひとばしらの舟なれば／魂の火となりて／四郎さまとともに海底の宮へ」と口述で「沖宮」への並々ならぬ気持ちを吐露している。

それに先立つ一月十六日、石牟礼さんは、私のインタビューに応じ、「沖宮」への思いを一時間に及び語っている。「幼い頃に聞いた狂気の祖母の言葉。その意味を考えるために私は生まれてきた」と述べるなど、石牟礼文学の核心に触れる内容だった。

涙雨。緒方正人さんに言われるまでもない。二月十日は朝から雨が降り続いた。石牟礼道子さんが十日午前三時十四分に熊本市の介護施設で亡くなった。それからずっと降っている。現実感のないまま、仮通夜、本通夜、葬儀と過ごす。緒方さんから「涙雨」と聞いたのは本通夜の席だ。石牟礼さんの信頼が厚い「本願の会」同志の言として印象深く聞いた。

「加勢に来ました」。私は石牟礼さんのところに行くと、そう言うのを常としていた。亡くなる前日の夜、枕元で「加勢に来ました」と言うと、石牟礼さんは薄目を開けて、うなずいた。自分の周囲にだれがいて、それぞれの人の言うことも逐一わかっているのだが、体が言うことをきかない。声が出ない。そういう事情です、わかってください、とでも言いたげな風情で目を閉じている。

〈あの世から／風の／吹いてくるけん／さくらの花の咲きました〉

ＲＫＢ毎日放送が一九七〇年に制作したテレビドキュメンタリー『苦海浄土』（木村栄文ディレクター）を二〇一八年三月十六日、観る機会があった。福岡市で開かれたＲＫＢと西南学院大学の公開講座「石牟礼道子の世界」の中で上映されたのだ。

台本「詩篇　苦海浄土」を原作者の石牟礼さんが書き、構成も石牟礼さんが任された。〈あの世から～〉の詩篇は台本の冒頭に掲げられているものだ。木村栄文さん（故人）の回顧録によると、〈石牟礼さんは消え入るような風情で協力を承諾された。私は水俣も水俣病も勝手がわからず、頼りは石牟礼さん〉だったという。前年の一九六九年に『苦海浄土』が刊行されたばかりである。

水俣で長く一人で書いてきた石牟礼さんにとっても、「語りの美しさを作品にしたい」と言う木村さんをリーダーとするテレビチームとの合作は心躍る出来事だったろう。

ＲＫＢ版で異彩を放つのは北林谷栄さん（故人）演じる瞽女《ごぜ》（琵琶弾き）の存在である。

瞽女が水俣病患者を訪ねて回る。やりとりを克明にとらえることで水俣病というテーマを浮き彫りにする趣向なのだ。

役者が演じる瞽女に、現実の水俣を歩いてもらうのは、石牟礼さんの発案である。石牟礼さんは「文学とテレビドキュメンタリーは別物」と思っていた。作品を生き生きとさせるためには、想定外の要素を導き入れる仕掛けが必要だ、と表現者たる木村さんも本能的に理解しただろう。そもそも石牟礼さんに台本など構成を委ねたのは、ハプニング（想定外）の到来を期待してのことだ。

江津野杢太郎（原作）という少年の家で、瞽女の応対をしていた老婦人が突如、踊り出すシーンがＲＫＢ版にはある。玄関口にあらわれた瞽女に老婦人は驚く。瞽女は喜捨を受ける袋を持っていない。琵琶も弾けない。老婦人は瞽女に同情した。「それならおれが踊ってみせよう」と素足で庭に出る。自己流であるが、両手の動き、腰の据わり方など全身の動きが素朴な土俗歌と一体化して、実にサマになっている。

実はこのとき、石牟礼さんは家の中で、老婦人と一緒にいたのだ。私が石牟礼さんから直接確かめた話である。石牟礼さんは「瞽女さんに差し出すコメをおばあちゃんが米ビツの底からこさぐ（削り取る）音をぜひ聞きたい」と思ったという。しかし、老婦人の踊りは石牟礼さんにも想定外だった。「とにかく文字の文化に縁のない庶民の自己表現の、完結した型を見た思いでした」と石牟礼さんはのちに私に語っている。

「コメをこさぐ音を聞きたい」という石牟礼さんの言葉を私はかみしめている。幼い道子の家にも、放浪する芸能者や、懐に犬の子を入れた女性放浪者らがしばしば訪れた。道子の家が彼らを差別して追い払うことなどないのである。道子の母ハルノは放浪者が来ると、「みちこ、みちこ。里芋の葉の、うつくしかところば、二、三枚、とってけえ」と大声を出す。ハルノはお釜の底のおこげでおむすびをつくる。入念に洗った葉でくるみ、放浪者にさしあげるのである。

放浪者を待ち受けているのは善意だけではなかった。村の子供は瞽女らを見ると「かんじん（勧進、物乞いという意味）、かんじん」とはやし立てて、石を投げることもあった。精神の均衡を崩して「神経殿」と言われた道子の祖母や、祖母と一緒にいた道子にも石は飛んでくる。道子はいつか自分を「世に居場所がない者」と思うようになった。

ＲＫＢ版には原作の登場人物のモデルが次々に出てくる。天草から渡ってきて水俣病になり、もう漁ができぬという痛切な思いを吐露する女性患者。排泄物の世話を兄弟に任せ、食事をするのもままならぬ胎児性患者。人形のように身動きできない少女。だれも立ち入ることのできぬ、絶対的な孤独というべき状況が映像化されている。同じくらい深い孤独をかこつ道子だけが水俣病患者を描くことができた。

水俣を一巡した北林演じる瞽女は何事もなかったかのように水俣を去るのだった。
二〇一七年の三月十一日にはサクラの木の下で石牟礼さんの九十歳を祝った。
〈あの世から／風の／吹いてくるけん／さくらの花の咲きました〉
今年もサクラが咲いた。

涙のしずくに咲く

春なのに初夏を思わせる日差しである。ＪＲ熊本駅。足がつい市電に向かう。行く当てがないのに気づき、私は立ちすくんでしまう。石牟礼道子さんがもういないという事態に慣れることができない。この先、慣れることはあるのだろうか。

亡くなって五十日が過ぎた。東へ向かう。渡辺京二さんの家に来た。これからどうしたらいいか、おうかがいに来ました、と私は言った。「どうしたらいいか、私が聞きたいよ」と渡辺さんは笑みを浮かべる。声に力がない。「自分が必要とされるというのは、単純明快な、生きがいです。そうすると、自分を必要としてくれる人がいなくなったということは、なんのために自分が生きているのか、ということになる」と独特の言い回しで喪失感を語る。

道子さんの通夜、葬儀があった真宗寺に行く。葬儀の日、二月十二日は朝から雪が舞った。お気に入りの紺色の着物が棺にかかる。祭壇には道子さんが好きなツバキの花があった。「釋尼夢劫《しゃにむごう》」。道子さん本人が生前決めていた法名である。

〈花や何　ひとそれぞれの涙のしずくに洗われて咲き出づるなり　花やまた何　亡き人を偲ぶよすがを探さんとするに　声に出せぬ胸底の想いあり〉

一九八四年の真宗寺・親鸞聖人御遠忌に道子さんが奉納した「花を奉るの辞」を、佐藤薫人住職が読む。二十四時間寝ていない私は「花を奉るの辞」を、夢の中を漂うような思いで聞いた。

熊本行きの翌日は水俣市の石牟礼家を訪ねた。その前に、市中心部の栄町に立ち寄る。道子さんは八歳まで栄町に住んだ。石工の頭領だった吉田（道子さんの旧姓）家は大勢の石工見習いの青年らで活気があった。

〈毎朝早くに父の亀太郎が離れの作業小屋の鞴《ふいご》で火を起こし、焼けて真っ赤になった鉄のノミの先を玄翁《げんのう》で叩くんです。トンテンカン、トンテンカン。先隣の鍛冶屋さんの音と入れ交ざり、石を刻む音は町中に響き渡ります〉（週刊文春「新・家の履歴書」）

水俣川河口近くへ。小さなみかん山の下の空き地。道子さんが『苦海浄土』を書いた家がここにあった。道子さんの妹の妙子さんが「家というより、小屋です。父が住めるように改造してくれました」と言う。築六十年の木造一部二階建ての旧宅は二〇一三年十一月に解体された。「永久保存」を望む声もあったが、白アリの脅威を無視できなくなっていた。

書斎のあたりに私は立つ。

〈もともと鶏小屋だった小さな部屋に畳半畳分の板張りを父が造ってくれて、そこに座り机が一台と薄暗い電灯を一つだけ灯した仕事部屋でした。父が買ってくれたのでしょうね、机は小学校の時から使っていたものです〉（同）

道子さんが熊本市に仕事場を構えてから家は空き家となった。みかん山を見上げる。

〈ときどき覗きに行きますすと、裏の丘陵からやって来た子連れの狸の家族が猫たちと同居しておりました〉（同）

猿の母子やブタそっくりの犬が駆け抜けた山。道子さんの作品に登場し、彼女の文学世界の母胎となった山である。近くには道子さんの夫・弘さんが教員の退職金で建てた家がある。ふだん無人の家に、妙子さんと一緒に入る。書斎に行く。書棚に本が詰まっている。先日、渡辺さんと一緒に通信簿を探したが見つからなかったという。妙子さんは「姉は、小学校から実務学校まで、すべて甲。いまでいえばオール5です。これは、うそじゃろう、というくらい甲ばかり」と話す。

机の前に座った妙子さんを私は道子さんだと思って見ていた。道子さんは常々、妙子さんのことを「一家の族母です」と自慢していた。男性の「族長」という言葉は権威のニオイがするが、「族母」には包容力に富む大地のイメージがある。

『字訓』『呪の思想』『常用字解』など道子さんが敬愛してやまなかった漢文学者、白川静

（一九一〇～二〇〇六年）の本が掘りごたつ式の机の上にある。〈雄渾な詩情にあふれ、人間の叡智の高峰から鳴りひびく古代の声のような、朗々たるお言葉に導かれて、この三〇年ほどを生きてきた〉。道子さんが書いた追悼の文章である。

白川没後、悲嘆にくれる道子さんを見かねた渡辺さんは、〈先生は、生きておられると思ったらどうですか。ご著書はいつでも手許にありますでしょう〉と助言した。私も道子さんの本を読もうとするのだが、思い出がむらがり起こって、一ページも読むことができない。おそらく道子さんも白川の著書に目を通すことはなかったのではないか。

悲しみが深すぎると、奇妙きてれつなことをしかねない。作家・評論家の荒畑寒村（一八八七～一九八一年）が亡くなった際、道子さんは寒村に電話をかけた。誰も聞いていない受話器に向かって、〈死ぬっていうのはほんとに大へん……。先生、ひとりで死ぬの、大へんだったでしょう〉と語りかけた。そうすることで、〈生者と死者のあい中に、居場所を見つけ出した〉。

私は机の上の原稿用紙をめくった。「さきの頃は御高著二冊と御丁寧なお手紙を頂戴になり、ありがたく存じました」。道子さんの字。達筆。勢いがある。十年以上前に書いたのであろう。「字も上手です。裁縫も、歌も、姉はなんでもできました」と妙子さんが言う。うつむいた顔は道子さんに似ている。

「されく」

二〇一九年二月三日、石牟礼道子さんの一周忌の法要が熊本市の真宗寺であった。親族ら二十三人が集まった。

妹の西妙子さんは茶系の渋い柄のワンピース。道子さんの形見の着物を洋風に仕立てたものだ。「わあ、覚えがあります」と女性らが囲む。

石牟礼さんは一九七八〜九四年、真宗寺の崖下に仕事場を借りた。寺に始終行き来し、住職一家や修行僧らと親しんだ。一九八四年の親鸞聖人御遠忌に「花を奉るの辞」を奉納。先代住職死去の折には導師を務めた。縁の深いお寺である。

現在の佐藤薫人住職は一九八二年生まれ。本堂で仕事をすることもあった石牟礼さんは先代住職の孫の薫人少年をかわいがり、キツネの物語「しゅうりりえんえん」を読んであげたりした。その少年が住職となり石牟礼さんのためにお経をあげている。

住職は親鸞の言葉をまとめた正信偈を唱えている。渡辺京二さんら何人かの口も一緒に動く。石牟礼さんが亡くなった直後、枕経として住職が唱えたのも正信偈だった。

法要後、道子さんが通った和食の店で会食があった。私の向かい側に介護・秘書役を十四年間務めた米満公美子さんが座る。いつか何かの折に「道子さんのやっていることはすべて、おままごとです」と喝破し、「まったくその通り」と渡辺さんがすかさず応じたのを覚えている。

その米満さんが語る食べごしらえの話。「おいしいぶどうを石牟礼さんがもらった。そのぶどうを台所に持っていく。見に行くと、皮をむいている。わかめとぶどうを一緒に、酢みそであえる。えっ、と思うのですが、食べてみるとこれが絶品でした」

ぶえんずしの話。不知火沿岸には〝ぶえんの魚〟という言い方がある。ぶえんとは無塩ということ。塩が無いということは、塩をしなくても食べられるほど鮮度がいいということである。まずフライパンで塩を焼く。サバ、アジ、コノシロなど青魚が合う。焼いた塩で魚の臭みをとる。ほんのり色がつく。お砂糖と酢で味をつける。

海の近くにはたいてい井戸があった。『苦海浄土』に、〈活きている《無塩の魚》は、活きている水をかけながら料理しなければ、漁師たちの味覚の中に活きかえらない〉との記述がある。魚、水、漁師――生命サイクルとも言える結びつきが「ぶえんずし」の名のもと語られている。

父からつくり方を伝授された石牟礼さんは生涯ぶえんずしを愛してやまなかった。「つくり方が毎回変わる。この前はこんなふうだった、と言っても、違う、と言って、別のやり方をしてみようとなさる」と米満さんは話す。

「ぶえんずしは完成しないのですか？　常に更新？」と私は聞いた。「その都度、新しいのです」と米満さんは言う。「最期まで、ぶえんずしを食べたい、と言っておられた」とぽつりと付け加える。

「あなたが赤ペンを持っていると私はおそろしい」と渡辺さんに言われながらも、赤ペンを握り続けた石牟礼さんの姿を私は思い浮かべていた。校正刷りに手を入れるならわかるが、完成した『石牟礼道子全集』に朱を入れるのはどういうことか。

『苦海浄土』第三部「天の魚」の冒頭部分にせっせと赤ペンで書き込む姿を見て、私は呆然とするほかなかった。食べごしらえ同様、著述においても石牟礼さんにとって〝完成〟ということはないのだった。

二月十一日、池澤夏樹さんが熊本市の渡辺さんを訪ねた。池澤さんは編者を務める『世界文学全集』と『日本文学全集』に石牟礼作品を収録するなど、読者の関心を石牟礼さんに向けた人である。

「一年あっというまですね」と池澤さんが言う。

「そうです。あっというまだけども、ぼくには長かった」と渡辺さんが応じる。

渡辺「不思議な人だった。あの才能はどこから出てきたのか」

池澤「石牟礼さんの〝私〟というのは、動いている私と見ている私がいるような気がします。魂は、心とどう違うか、ということをずっと考えてきました。心は体の中にあって動かない。だからどうしてもエゴイズムになる。魂は外に出る」

渡辺「そうです、道子さんは浮遊しています」

前日の石牟礼さんの命日の二月十日、池澤さんは福岡市で講演をした。「魂が動くという意味で〝されく〟という言葉を作品でよく使った。人間に対する深い共感力があった。水俣病患者の魂と融合して、深い作品となった」と語る。

「共感力」は「憑依」とも言い換えられる。〈彼女は患者とその家族たちに自分の同族を発見したのである〉と渡辺さんは書く（『苦海浄土』解説）。自らの孤独と見合う孤独を患者さんに見いだす。石牟礼さんは患者自身になった。〝されく〟のなせるわざである。書くことで生きる道を切り開く。福岡の聴衆の前で池澤さんは石牟礼さんの詩「糸繰りうた」を朗読するのだった。

〈日は日に／昏《く》るるし／雪ゃあ雪／降ってくるし／ほんにほんに　まあ／どこどこ／漂浪きよりますとじゃろ〉

第四章　記憶の渚

保存会の四年

石牟礼道子資料保存会が発足したのは二〇一四年十二月六日である。資料が保存されている真宗寺に理事や研究員ら約二十人のメンバーが集まった。部屋の中央に座った渡辺京二さんが次のように挨拶した。

「日本近代文学の中で石牟礼さんのような文学はなかった。今後もないだろう。古代からつながってきている民衆、そういう中ではぐくまれた感性であるとか、夢であるとか、幻であるとか、それらをひっさげて、近代文学的な表現を与えたということは、奇跡的な仕事です。石牟礼さんの資料を保存することには重要な意味があります」

私は隅でかしこまって渡辺さんの話を聞いていた。理事長の松下純一郎さん、事務局長の阿南満昭さんはじめ、水俣病闘争に尽力した久野啓介さん、石牟礼論の著作がある岩岡中正さん、水俣フォーラム理事長の実川悠太さん、石牟礼道生さんらも駆けつけた。多士済々の顔ぶれに私は保存会の重要性を再認識する思いだった。

普段は介護施設にいる石牟礼道子さんも姿を見せた。車椅子である。闘病中だが、自分が行かねば、と思ったのだろう。介護・秘書役の米満公美子さんが付き添っている。渡辺さんに促され、石牟礼さんが挨拶する。

「こんなにたくさんお集まりいただいて、どうしようと思って。調べられれば調べられるほど、私のトンマなところが露出するのではないでしょうか」

「今さら！」と渡辺さんがすかさず言う。「フフフ」と照れた石牟礼さんは、「どうぞよろしくお願いいたします」と深々と頭を下げた。

「きょうは調子がいいですか」

渡辺さんが言うと、「普通です」

「発作が起こらないですか」

「起こりそうな気がしております」

「そりゃいかんね。クスリのんだほうがいいね」

「息が詰まって、言葉も詰まって、アタマの中も詰まる。全身がしびれてくる発作が毎日、二、三度起こります。発作が終わると、ケロリと普段の状態に戻ります」

石牟礼さんが米満さんの乗用車プリウスに乗って、介護施設に引き上げる。私と道生さんも同乗する。健軍商店街の入り口にさしかかったとき、米満さんが電信柱を指さす。

「石牟礼さんは最初、あの電信柱にぶつかって、それでおかしいと思って、病院に行って、パーキンソン病とわかったのです。そこの角が竹下蒲鉾屋さん。それで石牟礼さんが覚えていらした」と米満さんは言う。

それを受けて石牟礼さんが語る。

「歩いとって電信柱にぶつかった。その次は出前持ちさんにぶつかった。出前箱がしっちゃかしなはった。その次はおばあさんに突き当たった。ばあちゃんのほうが転びなった。それで熊大に行きました」

それ以後、健軍商店街のその電信柱は私の記憶にしっかりと刻まれた。いまでも、健軍商店街を通るたび、電信柱をまじまじと見つめる。私はひそかに「石牟礼さんの電柱」と名づけ、メモリアル・スポットとして親しんでいるのだ。

米満さんのプリウスが介護施設に着く。折り畳んでいた車椅子を私が広げる。「なるほど、そうするんですか」と道生さんが感心したように呟いた。道子さんと同じ神経難病の妻の介護で車椅子の扱いに慣れているのだ。

部屋に戻った石牟礼さんは、お菓子を贈ってくれた京都の「和久傳」に礼状を出すという。私が代筆をさせていただいた。入念に推敲するので容易にOKが出ない。「それでいいでしょう」と言ってもらえるまで約二時間。その後、石牟礼さんの作品『あやとりの記』を私が声を出して読んだ。

「ひとつ　ひがん花／とん　とん／こっちを向けば　恥ばかり／あっちを向けば　夢ばかり／とん　とん」

石牟礼さんの最高傑作とも呼ばれるこの作を、われながら名調子で読み上げる。道子さんは「よー書けとる」と感嘆する。あれからもう四年たったのだ。

天上と海底と

〈この世の名残り　夜も名残り　死にに行く身をたとふれば　あだしが原の道の霜　一足づつに消えてゆく　夢の夢こそ　あはれなれ〉

天草四郎に導かれた少女あやが、雨の神・竜神のもとに赴く。私が思い浮かべていたのは、近松門左衛門『曾根崎心中』の有名なくだりである。

『曾根崎心中』は道子が生涯好んだ人形浄瑠璃だ。この世では生きられぬ若い男女、おはつと徳兵衛が死を決意する。曾根崎の森へ。死出の道行き。寺の鐘が、ごーん、と鳴る。〈あれ数ふれば暁の　七つの時が六つ鳴りて　残る一つが今生の　鐘の響きの聞きおさめ〉

白い手ぬぐいを唇の端にくわえたおはつ。地からわきいずるような三味線がかもしだす無常を、道子は賛美してやまなかった。一九八三年八月二十二日、鹿児島県出水市の西照寺での講演「名残りの世」で「(『曾根崎心中』の死に向かう二人は) おのおのの身代わりとして、観る人たちの魂によって、とりわけ美しく清められ、荘厳化されてゆくと思うのです」と述べている (「荘厳」という言葉のなんというつくしい使い方!)。心中の道行きは道子の思想の根幹にかかわるものだ。

石牟礼道子は『沖宮』を「私の最後の作品」と考えていた。体力的、年齢的な「最後」という以上に、これまで積み重ねてきたものの「締めくくり」という意味である。魂のふるさとに帰る。それは死ぬことではない。生きることだ——。

『沖宮』の先行作品として『春の城』（一九九九年）があった。天草・島原の乱を題材にした長編小説。女性子供を含めた三万七千人の一揆勢が島原の原城にたてこもり、幕府軍十二万人と対峙し、全滅する。キリスト教信仰という思想的な結集点を持つ乱は、農民一揆であると同時に宗門一揆として知られる。

道子は、『春の城』の構想の着想を、水俣病闘争期の、チッソ東京本社での座り込みの際に得たという。具体的にはどういうことなのか。道子はかつて次のように語った。

「盾をもった機動隊に囲まれました。チッソ首脳陣に水銀を飲ませるという話まで出て、相手に飲ませるなら自分もと、それこそ命がけでしたけど、不思議と怖くなかった。地べたに寝転がったとき、思いました。天草・島原の乱の原城の人たちも同じ気持ちではなかったのかと。私たちは子孫。つながっておるのだ、と。先祖たちの霊が来て乗り移ったのだ。これから先、命があったら、天草・島原の乱を書きたい。そう思いました」（『評伝石牟礼道子—渚に立つひと』）。

『春の城』執筆直前、道子は〈私の今をもっとも深くつき動かしているのは、水俣の患者さんたちの受難と、時には神に近いその姿である〉と書いている。乱を起こした一揆衆の目的はパライゾ（天国）をこの世につくることではない。「この世の境界を越えたところに、いまひとつのこの世があるということでございます」と四郎は言う。水俣病闘争で道子らが憧憬し、闘争を象徴する言葉ともなった「もうひとつのこの世」である。『春の城』は道子にとって〝水俣病闘争の延長戦〟にほかならなかった。

『沖宮』は、その延長戦に決着をつける物語といえる。水俣病闘争を主導した石牟礼道子の参謀役を務め、その後も道子の同伴者であり続けている渡辺京二も道子と同様、チッソ本社前での座り込みが『春の城』成立の重要な契機になった、という見方だ。

〈行くところがない。よるべがない。見捨てられても、行くところまで行くんだ、と。人身御供の人柱で流されるような強迫観念、英語でいうオブセッションが彼女の頭の中に宿ったのだと思う〉（二〇一八年七月十四日、熊本市で開催された「シンポジウム『沖宮』」）

人柱に立つというイメージは大いなるふるさとへ回帰することに重なる。渡辺は〈人間同士、相手の言うことが聞こえない、こちらの言うことも向こうの耳に聞こえない。そういう悲しい、つらいところから救い出されたいという願望は、迫害されて、人柱に立っていくイメージになる。しかし、その一方、大きなものに、竜神や大妣君がいるところへ帰っていくというイメージにもなる。『沖宮』は道子自身の、両面の、深い衝動をあらわしている〉（同）と語るのである。

道子の孤独について、渡辺はしばしば言及してきた。孤独こそが道子の文学的源泉だと言わんばかりに、道子論の勘どころで、いつも渡辺は「孤独」を口にする。

〈生まれてきて、いやーっと泣いている。この世はいやー、人間はいやー。生まれたときからこの世とうまくいっていない、それが石牟礼道子の本質です。母ハルノさんの話では、赤子のとき、いっぺんぐずり泣きをし始めたたら、あとは火がついたようにずっと泣いて、けいれんが起こるまで泣きやまなかった、といいます。ここは私の生まれてくるところではないと文句を言っているのです。この世への尋常でない違和感。普通の人々はうまくやっているのに、自分ひとりうまくできない〉（同）

幼少期から〝地獄〟をみた。狂気の祖母とさまよい歩く。不遇な若い女性の刺殺事件を間近で目撃したりもした。この世とうまくいかない。私が想像できるはずもないが、〝地獄〟の果ての孤独とはどんなものなのか。かろうじて言えるのは以下のことだ——孤立しているというわかりやすい孤独ではなくて、親しく交わっているのにわかりあえない孤独だから、より深刻である。

私はいま、介護施設や病院での道子のたたずまいを思い出している。話題が弾み、道子自身も声をたてて笑うようなときでも、笑顔の底の道子は冷めたままなのだ。ドライアイスのような冴え冴えとした孤独がその小さなからだを包んでいる。そんな絶対的孤愁を目撃するたび、この人は心から楽しんだことは、生まれてから一度もなかったのではないかと思わざるを得なかった。

十～二十代の道子はハリネズミのように戦闘的である。『石牟礼道子全集』第一巻におさめられた初期文章を読むとわかる。破滅的、破壊的、厭世的、絶望的……。要するに桁外れに魅力的なのだ。坂口安吾、織田作之助、太宰治といった戦後の無頼派の文章を思い起こさせる。「生まれて、すみません」。水俣病と出合わなかったら道子は太宰治のようなタイプの作家になったかもしれないのだ。

しかし宿命のように水俣病と出合ってしまう。前近代の村が近代に破壊されていくプロセスを前近代の当事者として間近に体験することになる。前近代が崩壊するドラマの極点に水俣病があったのである。孤絶の谷で幾多の書物をむさぼり読んだ道子は、三十歳のときにボーボワール「第二の性」と出合う。男女同権論の先駆的評論である。その翌年には福岡・筑豊の「サークル村」に参加した。出合った森崎和江は炭鉱で働く女性の「聞き書き」をしきりにおこなっていた。苦しい、死にたい、と書くばかりで、自分の殻を破ることができなかった道子は、森崎の「聞き書き」のしなやかさ、したたかさに瞠目しただろう。「したたかさ」というのは、「聞き書き」という手法の書き手と話の主体が交歓する構造的豊かさを踏まえてのことである。他人を書くことで自分を書くことができる、と道子は知ったのである。

一九六〇年に『サークル村』に書いた「奇病」。天草から来たゆき、水俣病になった女性の語りを追いながら、道子は、語りに自分がしっくりはまっていることが不思議でならなかったはずである。ある瞬間には自分が患者として水俣病の惨禍を実際に経験したような錯覚に落ちたかもしれない。もしかしたら錯覚ではない。自分は水俣病患者としての自分の経験を赤裸に語っているにすぎないのではないか、と何度も自問したはずである。

道子は水俣病患者のそばにたたずんだ。患者でない道子にできるのは、その声、呻吟《しんぎん》に寄り添うことである。患者の苦しみをわが苦しみに、と願った。ゆきも杢太郎も、杉原ゆりも同じことである。「聞き書き」をしているつもりで、実は自分の身の上話をえんえんと続けていた。自らの孤独が患者の孤独と重なる。『苦海浄土』の誕生である（『評伝　石牟礼道子』）。

『苦海浄土』が本になった頃、水俣病患者を取り巻く状況は切迫していた。支援組織拡充を急いでいた道子は魂の同類と見なした渡辺京二の「心をたたいていた」。渡辺はチッソ門前の座り込みを敢行し、闘争開始の狼煙《のろし》をあげる。直後に「水俣病を告発する会」ができた。道子の考え方・理念が告発する会の考え方・理念になったのは自然なことだ。患者に寄り添う。「義によって助太刀する」。浪花節、まさにそうだ。水俣病闘争は「前近代の、近代への異議申し立て」である。歴史学者の色川大吉はのちに「水俣病闘争は天下分け目の関ケ原。行き過ぎた近代化に歯止めをかけた」と評価することになる（同）。

道子の文学が、患者救済、公害告発にとどまるなら、道子の著作、とりわけ『苦海浄土』が今日のように人口に膾炙《かいしや》することはなかっただろう。道子の文章をたどる者は、深甚な孤独を正面から乗り越えようとする人間的誠実さと、過去、現在、未来をワンショットでとらえる文体の強靱さなどに、類例のない生の輝きを見たのである。

水俣病闘争は患者とチッソの「補償協定書」が成立した一九七三年に事実上終結した。世間的な意味では「勝利」であるが、魂と魂とが交歓する「もうひとつのこの世」を求め続けた見地からは「敗北」である。法廷の論理は近代そのもので、魂の対話を求める前近代の介入する余地はないのだった。道子は渡辺らと季刊誌『暗河』を創刊。「もうひとつのこの世」に触れるべく、新たな陣を敷いたのだ（同）。

「私は闘っています」。介護施設やリハビリ病院で道子はしばしば口にした。わかりあえぬのが人間ならば、生の回路をどうやって開くのか。人間が人間を差別するというのはどういうことなのか。道子は書くことで問いかける。原稿用紙に書く。原稿用紙がなければ、広告のチラシの裏に書く。チラシがないときは、割り箸を入れる小さな紙の袋に書く。それもないときは手の甲に書いた。書こうにも手が動かぬときは口述した。道子の闘争である。

水俣病闘争は終わったかに見えたが、第二幕と呼ぶべき闘争は続いていたのである。そして一九六九年スタートの水俣病闘争と同じように、道子のそばには、いつも渡辺京二がいた。〈この二本の連理の木に　体をきつと結ひ付け〉(『曾根崎心中』)ていたのだ。黒い「怨」の吹き流しはもはやなく、「死民」というゼッケンをつけた支援の学生もいなくなったが、道子のペン先で闘争は続いている。私には、道子のベッドの枕が闘争現場のバリケードに見えたのである。彼女を取り巻く空間では、ごーん、という寺の鐘が始終響き渡っていた。〈今は最期を急ぐ身の　魂のありかをひとつに住まん〉(同)。日々、道子は、渡辺京二と、心中の道行きを重ねていたのだ。

新作能『沖宮』の構想は二〇一一年に始まった。東日本大震災の直後、京都在住の染織家、志村ふくみは、熊本の石牟礼道子に手紙を送った。

〈石牟礼さんがたびたび語っていらしたこと、憂慮すべきことがたび重なり、どこまで突っ走るのかと思っていましたことがこんな形でおそってくるとは、多くの平穏な暮らしの中に、身のおきどころのない哀しみです〉(志村ふくみ、石牟礼道子『遺言—対談と往復書簡』）

天草四郎を題材とする新作能に取り組んでいた道子は志村が贈った染め糸に感銘を受ける。二〇一一年九月十一日付の道子から志村への手紙。

〈「みはなだ色」という糸の束に霊感のようなものを感じました。と申しますのも、わたくしは今、最後の作品と思う新作能「天草四郎」を構想中でございまして、シテの四郎の装束をこの「みはなだ色」で表現したいと思うに到りました〉（同）と述べ、〈志村さんのお仕事で能装束を仕上げたいというのは長年の秘かな念願でございました〉（同）と熱烈な言葉で衣装制作を依頼したのだ。

一時はあきらめかけた天草四郎の新作能が実現する可能性が出てきた。道子は手紙の追伸で〈上衣は「みはなだ色」、袖の下辺は紫紺、袴も紫紺、陣羽織もその二色で表現できればと思います〉（同）と書いている。弾む気持ちが伝わってくる。新作能はまだ完成していないのに、道子は舞台上の衣装に早くも思いをめぐらせていたのだ。

『沖宮』の、道子の分身あやの衣装の緋色は「すべての生類につながる色」（石牟礼道子）。天草四郎の衣装の青系統のみはなだ色は「得もいえぬ天上の色」（志村ふくみ）である。緋色もみはなだ色も、道子からイメージを伝えられた志村が草木で染めたものだ。「なぜ志村さんですか？」と問うた私に、道子は「志村さんは草木染めをなさいます」と答えたものだ。天然の草木は、人間を含めた生きとし生けるもの、生類につながる。「人類じゃないですよ。生類です。石牟礼さんは小さな虫でも貝でも本当に尊いと崇めていらっしゃる。目に見えないほどの小さな生き物もすべて生類です。それをいま人類が忘れているのです」。六月二十九日、完成した能衣装を披露したときの志村の言葉だ。傑出した二人の表現者が「生類」を共通項に固く手を結ぶ。

道子は志村が語る色の神秘に魅入られ、霊感を受ける具合に、色への思いを深めていった。〈石牟礼「志村さんのお文章は、色のエキスでもあり、形のエキスでもあり、植物の、なんというか、魂が発色したようなお言葉で文章をお書きになりますでしょう」／志村洋子（ふくみの娘）「魂の発色。魂と色は一緒ということが、いまおっしゃったことですか?」／石牟礼「一緒だと思いますね」〉（『遺言―対談と往復書簡』）

この会話を振り返る志村は「私が考える以上に色のことの深さを表現された。私はもうびっくりして。私たちの魂が色によって結ばれた」と話すのだ。

道子と志村は次のような会話を交わしてもいる。

〈石牟礼「沖宮に行くのは、死にに行くんじゃない。生き返るための道行なんです」／志村「ああ、そうか、よみがえる母たちの宮……。」／石牟礼「生き返るときの色」（中略）志村「よみがえりの色だったのね。やっと分かりました」〉（同）

生と死という単純な二元論を軽々と超える一種豪放なやりとりである。色に精通した志村という相手があってこそ道子は『沖宮』の構想を存分にふくらますことができた。介護施設や病院で暮らす道子が天草四郎のことを口にすることが増えたのは二〇一七年暮れ頃からである。一八年になっても四郎のことが頭から離れない様子であった。

〈村々は／雨乞いの　まっさいちゅう／緋の衣　ひとばしらの舟なれば／魂の火となりて／四郎さまとともに海底の宮へ〉（石牟礼道子、志村ふくみ『新作能「沖宮」イメージブック　魂の花―緋の舟にのせて』）

石牟礼道子が亡くなる十日前に私が口述筆記した句である。道子没後、道子の訃報を聞いて意気消沈していた志村は、この句に触れて、「生き残った私がやりとげる」と気力を奮いたたせたという。

『沖宮』熊本公演の能舞台は出水神社から池をはさんで正面にある。舞台両脇の炎を慕って虫が飛び交う。演者と観ている人たち、それを包む木々や虫たち、それらすべてひとつながりの「生類」である。数分おきに上空を航空機の轟音が満たす。その音も、市電や救急車の音も、虫たちと一体化した森羅万象である、と自然に納得する私がいる。舞台上だけでなく、取り巻く空間も演劇化してしまう能の本領に息をのむ思いだった。

私は十月二十日の京都公演（金剛能楽堂）は見ることができなかったのだが、道子の一人息子、道生から「大成功だった」という連絡を受けた。終演後、「あやちゃんは道子さんよね」との呟きが聞こえてきたという。志村ふくみは「あなたのお母さまに見ていただきたかった」と残念そうに言うのだ。生前の道子を知る作家の瀬戸内寂聴も来場。寂聴は道生に「大変なお母さんを持ってあなた、大変よね」と語りかけてきた。「今日の公演のこと、あなたのお母さんのこと、これから書くわよ」とも言った。

天草と島原半島の中間の談合島まで、海上を歩いて行った。手をさしのべると空からハトが舞い降り、掌に卵を産みつけた。その卵を割ると中からキリシタンの経文があらわれた——伝えられる奇跡的伝説から、天草四郎には神秘的人格を備えた宗教的シンボルのイメージが強い。

『沖宮』での四郎は能の演出上の都合もあるのだろうが、堅実な挙措に終始し、その衣装を臭木《くさぎ》という庶民的な木の実で染めたことが象徴するように、民衆に思慕される「窮極的な民」の印象が強い。

あやを魂のふるさと『沖宮』に導き、結果的に救済するのは「窮極的な民」である四郎なのだ。栄達を求めず、自分を取り巻く人々と愉快な時を過ごし、黙って死んでいく人々。淡々と生と死を受け入れる生活者が、実は救済者である。見過ごしてはならない『沖宮』の重要な主題のひとつである。

薪能となった『沖宮』熊本公演で、四郎に導かれたあやが竜神のもとに赴くとき、まったく唐突に雨が降った。あまりの出来事に、「道子さんが降らせたのだろうか」と不思議がる向きもあった。しかし、前回の新作能『不知火』（二〇〇四年）のとき、直撃不可避と思われた台風が突然停滞し、星空に恵まれた公演だったことを会場にいて直接知っている私は、今回の雨も、格別不思議と思わないのだ。道子と精霊の数限りない対話を身近で見てきたということもある。奇跡をおこなう天草四郎を天草の民が当然のごとく受け止めてきたのと同じことだ。

道子が私に語ったことがある。「『沖宮』創作の最初のきっかけは水俣病患者でしたが、主題は潜在的にあった、と思います。私の中に。根底的にあったものです。男とおなごはべーつべつという、おもかさまの独り言を、歌、物語、ぜんぶ含めて、表現したいと思っていました。私はそれを考えるために生まれてきた」と言うのだ。

私は道子のこの言葉、とくに最後のセンテンスを生涯抱えてゆくつもりである。新作能『沖宮』熊本公演を見届けたいま、確かに言えるのは、道子が「四郎」と言うとき、生き難いこの世と格闘したあげく亡くなった弟一や、狂気で盲目の祖母おもかさまも念頭に置いていただろう、ということである。彼らだけではなかろう。道子は、この世の純粋で傷つきやすいすべての魂に思いをはせていた。

今回の『沖宮』では九歳の豊嶋芳野が演じるあやの存在感が格別だった。亡霊となってあらわれた天草四郎を見つけて、「兄しゃまー」と呼ぶ。みっちんと呼ばれた幼い道子の声である。「兄しゃまー」。道子が『苦海浄土　わが水俣病』を刊行して五十年。半世紀の苦闘をへて、魂の邂逅《かいこう》は果たされたのだ。

道子さん、こーろころ

道子さんは、水俣病闘争の頃から、熊本県水俣市の家族から離れる日が増えた。一九七三年からは熊本市で一人で暮らすようになる。生まれ育った故郷水俣のしがらみから解き放たれて、文学に専念するためである。

道子さんが一人暮らしを現実的に考えるようになったのは、東京の故・高群逸枝の「森の家」から戻った一九六六年晩秋からである。「森の家」で道子さんは『苦海浄土』の決定稿を書き進める。逸枝の夫で編集者の橋本憲三に「あなたは逸枝と瓜二つだ」と励まされ（憲三は道子さんに惚れていた?）、生の核心となる言葉を刻む。

女性史研究に没頭した逸枝の深甚な影響を受けた道子さんは、「女性史を書きたい」と痛切に願った。「勉強したい。家を出たい」。熊本市で就職したかった。キャバレーの求人ポスターに「麗人募集」と書いてある。「私は麗人じゃないからだめだ」とキャバレー勤務をあきらめた。

道子さんは夫の弘さんに離婚を申し出る。弘さんには何の落ち度もない。一人息子の道生さんは「お父さんがかわいそう」と母をなじった。弘さんは道子さんのよき理解・協力者として道子さん不在の家を守ってきたのである。離婚こそしなかったが、道子さんは一人暮らしを強行する。時々、水俣に行って、熊本に戻る、そんな日が続いた。

道子さんは熊本市健軍の真宗寺脇の家に十六年住んだあと、同市湖東の古雅な一軒家に移った。私が道子さんに初めて会ったのは湖東七年目の二〇〇〇年春頃である。「こんにちは」と玄関に入ると、新聞や雑誌であらかじめ知っていた道子さんが「あら、まあ。いらっしゃいませ」とにこやかに出て来た。小柄、というのが第一印象だ。七十歳を過ぎているのに、おかっぱもどきのザンギリ頭が永遠の少女のようにすがすがしい。

裏庭を掃除する音がする。初老の男がほうきを使っている。さきほどはマキを割る気配もした。「あの下男みたいな人はだれですか」と私は思わず尋ねた。石牟礼さんは「ハハハ」と愉快そうに笑った。「渡辺さーん」と呼ぶ。不機嫌そうな顔をした紳士が何事かという顔でやってきた。「下男と言われていますよ」と道子さんは紳士をからかう。「ばかもん。オレは掃除に来とるのに。下男とは何事か」と半分冗談で怒る。この人が渡辺京二さんだった。

その後、熊本市上水前寺の一軒家、同市京塚本町の病院の一室、と道子さんの住居は変遷したが、台所にはいつも渡辺さんがいた。和洋の煮物をつくるにしても、あらかじめ皮をむいたスーパーのインスタント野菜などは使わない。すべて皮むきからやる。舌の肥えた道子さんのため、デパートの高級生鮮食品をよく買ってきた。渡辺さん手出しの食材費はずいぶんな額になったはずである。

渡辺さんの夕食づくりは真宗寺脇の家でスタートし、台所のない介護施設に道子さんが移る二〇一三年秋まで、三十五年間、続いた。渡辺さんにも道子さんにもそれぞれ家族がいる。渡辺さんの奥さんが「ノー」と言えばどうなっただろうか。食事づくりを完遂できたのは、道子さんの仕事の意義を、それぞれの家族を含めて周囲の者みんなが理解していたからである。「近代を問い直す」という大きな志を共に抱いていた。

道子さんの原稿は書き直しに次ぐ書き直しで判読不能になる。渡辺さんが清書し、道子さんがそれをまた判読不能にする。道子さんは書き直しに終着駅はないと思っている様子で、高価な『石牟礼道子全集』にさえ平然と直しを入れる。「私はあなたが赤ペンを持っているとおそろしいんです」と真顔で渡辺さんが言い、さすがの道子さんもぷっと噴き出す――そんなこともあった。

渡辺さんは自分の原稿をいつ書くのだろう、というのが私の素朴な疑問だった。主著の『逝きし世の面影』など、道子さんと伴走しながら渡辺さんは自分の本もちゃんと出していたのである。おそらく、夜、帰宅してから書くのだ。それが習慣化し、明け方に寝て、正午近くに起きるという生活スタイルになったのではなかろうか。

二〇一五年八月、道子さんの夫の弘さんが死去した。八十九歳。亡くなってからしばらくのあいだ、名古屋で暮らす長男の道生さんが時々、道子さんの部屋を訪れた。通帳の更新や年金の手続きなどやるべきことがたくさんある。

ある日、道子さんと道生さんがいるところに、渡辺さんがやってきた。道生さんの全身に緊張が走る。ビックリ人形のように立ち上がった道生さんは渡辺さんに一礼。「いつも母がお世話になります。ご迷惑をおかけします。すみません」と言う。遠方で暮らす息子として当然の発言だ。

渡辺さんは静かに首を振る。そして「道生くん、あなたにわかってほしいのは、私は迷惑なんてかけられていない。私が一人前のもの書きになれたのは道子さんのおかげなんです。道子さんの文章に接して私の中に生まれてくるものがあり、（近代と前近代という）自分のテーマを見つけることができた。私は道子さんにご恩があるんです。ふとんをたたんだりするのは、ご恩返しをしているだけなんです」と諭すように話すのだ。

「いつもお世話になるばかりで……」と道生さんが言いかけるのを、渡辺さんは手で制して、これだけは言っておくぞ、という覚悟の面持ちになる。「道子さんがこれまでどれだけ立派な仕事をしてきたか、そのため、どれだけ骨身を削ってきたか、私が一番知っています。大変だった、この人（道子さん）は。わが身を削って、命を削ってきた。それを道生くん、あなたにわかってもらいたい」

直立不動の道生さんは「そうですか。ありがとうございます」とペコリと頭を下げる。渡辺さんは、道子さんをチラと見ながら、大きく息を吸い込む。「道生くん、あなたのお母さんはな、長いあいだの仕事を通して、命を削った仕事をして、人類に貢献したんだ。つまり、人類を救済した。そういうことなんだ。道生くん」と言い切るのだ。その一方で、「だいたい人類を救済するようなやつはね、周りの人間に迷惑をかけるんだ。道子さんは大変だった。勝手放題なところがあるからね」と付け加えて、道生さんを一層恐縮させるのだった。

ひとしきりしゃべった渡辺さんは「いいね道生くん、私に対しては気の毒がる必要は何もない。わかったね」と締めくくって、「ああ、きつかった」と椅子に座る。立ったまま熱弁していたのだ。「じゃあ、俺は帰るばい。演説したら元気が出てきた」と帽子をひょいとかぶる。「じゃ、また明日ね」と出ていく。「大丈夫でしょうか。無事に家に帰りつくでしょうか。途中でつっこけやせんでしょうか」と道子さんはドアを見つめる。「私より先に逝きやせんでしょうか」と常に心配しているのだ。

道子さんの評伝を書くのを目指して、二〇一三年から週に一日、道子さんのところへ通っていた私も、道子さんの介護をさせてもらうようになった。渡辺さんが来て、私がいることを知ると、「そうか、じゃあ、お任せして帰ろう」と引き上げていく。介護チームに入って私はうれしかった。しばしば調理助手としても働いた。

パーキンソン病の悪化に伴い、呼吸困難などの発作に襲われるようになった道子さん。ある日、発作からなんとか回復し、炊飯器や電子レンジなどありあわせの道具で調理にとりかかった(介護施設なので台所はない。本当は調理してはいけない。包丁やナイフは施設側に没収されている)。

「さっきは、オニギリをつくる途中で発作になったです。ニラば、炊こうち思とったです」と道子さんは言う。「ニラ、ですか」と私。「ミドリの野菜がなくなって」と道子さん。「ニラば一本一本洗いよったです」「ニラを……。ほんとだ、あそこにありますね」

洗面台に生け花のようにニラがある。「かつおぶしば入れて、電子レンジで、二分ばかり入れておけば、煮えます」と道子さんは言う。「ミドリ野菜が食べられますよ」とうれしそうだ。命名してください、と言うと、「ニラチン炒め」。ニラを電子レンジで「チン」と温めたから。「私は、料理本を見てつくったことがない」のが道子さんの自慢である。巫女のお清めのように塩や胡椒を振る。

小説、エッセイ、伝記、シナリオ、能、狂言、詩、短歌、俳句……。文芸のあらゆるジヤンルにわたって優れた作品を書いた道子さんだが、晩年、一番親しんだのは俳句である。

ある日、道子さんの俳句の下書きを私は口述で筆記した。

「れんげ畑の野中道　いずれの雲間になくならん　月影あわき茜空」

私は読み上げる。道子さんは、「これ、何がなきよるとでしょうね」と私に聞く。「これはカエルの声ですよ。カエルの声が空から聞こえるんでしょう」と答える。

私はもう一度、「れんげ畑の野中道　いずれの雲間になくならん　月影あわき茜空」と読み上げる。道子さんは、それに続いて、「ころころころころころこーろころ」と歌うように言う。カエルか、コオロギか、道子さんを慕う地上の生きものの声だろうか。私も声を合わせて、「ころころころころこーろころ」。

道子さんの「加勢」

石牟礼道子さんは「加勢」という言葉が好きだった。晩年、入退院を繰り返し、ベッドに横になっていることが多くなった。私は、取材と介護を兼ねて週に一回、熊本市の石牟礼さんを訪ねていた。

横になっている石牟礼さんに「なにかお手伝いしましょうか」と言うと、浮かぬ顔をされるのだ。「加勢に来ました」と言うと、「あらー、加勢に来てくださったの？　それでは筆記をしていただきましょうかねー」と表情が生彩を帯びる。

「手伝い」と「加勢」の違いは何かと私はいつも考えていた。ある日、原稿用紙の持ち合わせがなく、カレンダーの裏に文字を書いていた石牟礼さんが、ふと顔を上げて、「わたくしは闘っています」と言った。なるほど、と私は思った。石牟礼さんの日常が闘いであると考えると納得がいく。闘争のあと押しは「手伝い」よりも「加勢」でなくてはならない。

石牟礼さんの補佐役を長年務めた渡辺京二さん作成の石牟礼道子年譜には、「厚生省補償処理会場占拠に付添いとして参加」「川本輝夫を先頭とするチッソ東京本社占拠（自主闘争交渉）に付添いとして参加」とある。石牟礼さんを深く理解する渡辺さんが「付添い」とわざわざ書いていることに注意しなければならない。厚生省占拠やチッソ本社占拠は石牟礼さんが主体的に行ったのではなく、あくまで「加勢」なのだ。そんな石牟礼さんの心情を渡辺さんは察して、「付添い」と書くのだ。

チッソ占拠の際、チッソの社員から「お前が張本人だろう！」としばしば面罵された石牟礼さん。そばにいた渡辺さんは「張本人？　まったくその通り」と思っていたという。それでも石牟礼さん自身は「加勢」であるという立場を崩さなかった。

石牟礼さんは老年になって、水俣病患者の杉本栄子さんの「許す」という言葉によく言及した。

「私はもう。許します。チッソも許す。病気になった私たちを迫害した人たちも全部許す。許すと思うて、祈るごつなりました。許すという気持ちで祈るようになってから、今日一日ば、なんとか生きられるようになった」

死の一年前の栄子さんの言葉である。「怨」の吹き流しを掲げてチッソと対峙した石牟礼さんだが、闘争から月日がたつにつれ、「怨」はもういらない、利益・効率重視の近代がおかした罪をみんなで自覚し、償おう、という考えに変わっていった。そういう心境の変化の象徴が「許す」である。

しかし、石牟礼さんは、患者さんの「許す」という言葉を紹介しながらも、みずから「許す」と言うことは決してなかった。「許す」というのは水俣病患者だから言えることであって、「加勢」しているにすぎない自分が自分の言葉として言えるはずがない、そういう厳しい自覚があった。

主導であろうと、加勢であろうと、石牟礼さんが患者救済闘争に命を懸けたのは間違いない。闘争の後遺症は確実にあった。他人の苦しみに同調して自分も苦しむ「悶え神さん」の石牟礼さんだが、患者さんの苦しみに思いをはせるだけではなく、加害企業のチッソの首脳の心労を察して、悶えるのだ。最晩年、ベッドに横になったまま、「チッソの島田（賢一）社長がいらっしゃいました」と口にすることがあった。「島田さんはもうお亡くなりになっています。幻です」と言うと、「病気（パーキンソン病）になったら、すべて忘れられると思ったのに」と涙を流すのだ。

幼少期から世の中とそりが合わず、深い孤独を生涯の伴侶とした石牟礼さんは、この世と調和して生きたい、という願いがあった。騒ぎを起こしたいわけではない。円満に生きられたらどんなにいいだろう。患者救済に奔走すればするほど、異端者と地域からみなされる苦しみ。水俣では現在も複雑な視線を石牟礼さんに向ける人は少なくない。

二〇〇四年に水俣の浜で上演された石牟礼さんの新作能「不知火」には、古代的な力をふるう異国の妖怪が登場する。本筋とはあまり関係のないキャラクターなので、ずっと私は不審だったのだが、最近になってやっとわかった。石牟礼さんは長年の異端視された自分の孤独を妖怪という形で客観視してみたかったのだ。

石牟礼さんが危篤になった夜、私は「加勢に来ました」と枕元で言った。石牟礼さんは薄目を開けて、コクリとうなずいた。いったんどこかへ行って、また戻って来られると思った。夜光虫と戯れた、あの水俣の渚だろうか。

「悶え神さん」逝く

一畳にも満たない窓際の板張りが書斎だった。小さな木机で石牟礼さんは原稿を書いた。封建的な農村地帯の主婦だから、夜しか書く時間がない。一九六五年に始まった連載「海と空のあいだに」は福岡・筑豊の記録作家、上野英信の尽力で「苦海浄土」となって世に出た。

他人の不幸を自分のことのように感じる人を水俣では「悶え神さん」と呼ぶ。十九歳で書いた「タデ子の記」は作家第一作。戦災孤児を自宅に引き取る話である。若年の頃から不幸な人を放っておけなかった。水俣病患者の受難に深く感応し、患者の苦痛や孤独を自分のことのように感じるのは「悶え神さん」ならではである。

しかし「悶え神さん」の資質だけなら、石牟礼さんの書くものは通常のノンフィクションのレベルにとどまっただろう。幼い頃から貧困や狂気と接し、この世から疎外されているような絶対的な孤独を抱え持ったからこそ、「患者とその家族たちに自分の同族を発見したのである」（渡辺京二さん）。しかも、医師の報告書や議会議事録を巧みに取り込んだ作品世界が示すように、石牟礼さんにはオーケストラの指揮者のように状況全体を見渡す目があった。「クールであり、批評的」（同）なのだ。個的体験と水俣病との奇跡のような邂逅が世界文学にふさわしい普遍性獲得へとつながる。水俣病患者一人一人の症状、境涯を具体的に記しながら、石牟礼さんは自分の表現の核に達した確かな手応えを感じたに違いない。「苦海浄土」は石牟礼さん自身が生きる道を見いだした書でもあるのだ。

しかし、才能は安息を許さない。「絶対的な孤独」は石牟礼さんを生涯苦しめた。私は評伝取材のため、介護を兼ねて石牟礼さんに〝密着〟させていただいたのだが、慈母の掌に包まれたような底抜けのやさしさに時を忘れる一方、「この人は心から楽しむことがないのではないか」との思いが消えなかった。もともと社交的で愛想のいい人だし、とくに来客には、南九州の婦人特有の全身全霊を込めたもてなしをする。しかし、座が盛り上がり、愉快な話題に笑みがこぼれるときでも、さえざえとした孤独がドライアイスの湯気のように小さな体を包んでいた。

ハゼの子が遊ぶ。巻き貝が落ちる。呼吸音が聞こえる。石牟礼さんは晩年、「渚」を好んで語った。「生類が海から上がって、最初の姿を保っている。そこが渚です。境目として盛んな行き来がある。大いなる原初の海……」。十代の教師として子供達の人気の的になっても、炭鉱の「サークル村」に身を置いても、凄絶な水俣病患者救済闘争の現場にいても、いつも石牟礼さんは渚にたたずんでいたのではなかったか。文明と非文明、生と死、人為と自然――それらのはざまでリアルで夢幻的な文字を紡ぎ出していったのだ。そんな作業が孤独でないはずがない。

石牟礼さんの誕生日は東日本大震災と同じ三月十一日である。二〇一五年の三月十一日、パーキンソン病で体が不自由な石牟礼さんは「花ふぶき　生死のはては　知らざりき」と手すきの和紙に毛筆で書いた。被災者の惨苦に思いをはせてのことだ。水俣病患者の苦しみに終生寄り添った石牟礼さんは、最期まで「悶え神さん」だった。

言葉のみなもと

石牟礼道子さんの謎のひとつは、彼女の文章の源泉がわからないことだ。渡辺京二さんから「石牟礼さんは本を読まない」と聞いたとき、「そんなことがあるのか」と私は不思議だった。インプットなしでアウトプットできるものなのか。私の知る石牟礼さんはいつも本を手にしていたので、「本を読まない」という渡辺さんの言葉を奇異に感じた。しかし、気をつけていると、確かに、一冊を読み通した形跡がない。

石牟礼さんはどんな分野の本もこだわりなく手にとり、興味津々という感じで丹念に文章を追うのだが、一頁も終わらないうち、集中力が切れるのを常としていた。飽きる、と言い換えてもいい。あてどない沖の不知火のように、興味は別のものへとあっさり移っていく。本に向かっていたはずが、本人も知らぬまに針仕事に没頭——というようなことがよくある。

「若いときは石牟礼さん、読書家だったのですか」と私は渡辺さんに聞いた。ご本人に聞いても「うーん、よう覚えとらんですねー」と曖昧な答えが返ってくるだけだ。渡辺さんは「いや、たいして読んでいないはずですよ」と言うのだ。

「それではどうやって石牟礼さんは文章の基礎を築かれたのですか」と私は重ねて聞いた。渡辺さんは「うーん」と考えて、「彼女が幼い頃から耳にしていた浄瑠璃、御詠歌、民衆的な土着の語り、そして、おそらく国語の教科書でしょう。天才なんですよ。一度読めば身につく人なんです」と言うのだ。

道子さんが最初に読んだ本は中里介山『大菩薩峠』である。七歳の頃だという。実家の吉田家は石工の棟梁である。水俣の中心部にあった家では天草から渡ってきた石工見習いの少年らが大勢寝泊まりしていた。彼らの娯楽のために大衆雑誌がたくさんあった。読み終わった雑誌は便所の尻拭き紙として重宝した。

道子さんが八歳のとき、事業に失敗して、一家は没落。海沿いの掘っ立て小屋に移り住む。道子の叔父は「書物神さま」と言われるほど読書好きの人で蔵書も多かったが、破産に伴う差し押さえで一切合切を持っていかれた。新しい住まいに本はなかったが、教科書で必要最小限の文学的養分を摂取し、創造の源となる浄瑠璃的・御詠歌的な語りは周囲に渦巻いていたので、知的体力の涵養《かんよう》にさほど不自由は感じなかったであろう。

石牟礼さんの生涯を見渡すと、人生の節目に、文学作品と運命的な出合いをしている。水俣実務学校を終えて、十六歳で代用教員錬成所に入った頃、宮沢賢治「雨ニモマケズ」

を知る。この世の欲望と邪念をすべて消し去ることを願う賢治の詩行は、幼い頃から狂気の祖母と「遠漂浪き」を繰り返し、「この世の外れ者」であることを自覚していた道子の大きな慰謝となる。

三十歳でボーボワール『第二の性』と巡り合う。この世と絶縁したような孤独をかこち、意に添わぬ結婚をし、封建的な男尊女卑の村の田畑で朝から夜まで過ごす。一人息子のために自殺を思いとどまっている道子のような女性にとって、男女同権を説く『第二の性』は救命の羅針盤となっただろう。

三十一歳。筑豊の「サークル村」で、上野英信、谷川雁、森崎和江を知る。上野らの聞き書き作品、とくに森崎の『スラをひく女たち』に興味を引かれる。それまでの道子はノートに「苦しい」「死にたい」と自虐的に書き散らすのみで、自分という枠の中から出られないでいた。他者を描いて自分を表現する森崎作品は目からウロコだったろう。道子は『苦海浄土』の初稿「奇病」を機関誌『サークル村』に発表する。水俣病患者の孤独を描くことで自分の孤独を救済するという、思いがけない展開になった。

三十七歳。高群逸枝『女性の歴史』と出合うべくして出合った。代々の受難する女性「妣」たちの系譜に自分をつなぐ。「妣」の総帥的存在ともいえる逸枝に手紙を書く。逸枝が亡くなったばかりの東京の「森の家」で、逸枝の後継者として『苦海浄土』決定稿を書き進めたことは象徴的である。逸枝の気配濃厚な空間で自らの生の核心となる言葉を刻む。「雨ニモマケズ」以来、道子の文学的修練の総仕上げである。

私が通い始めた頃、道子さんは視力が減退して、字面を追うのが難しくなってきていた。訪問する際、私は「加勢に来ました」と言うのを常としていた。「取材」でも「手伝い」でもない。「加勢」である。道子さんがだれよりも「加勢」が好きだったからだ。「あらー、加勢ですか。それなら本を読んでもらいましょうかねー」と、どんなに気分が屈しているときでも「加勢」と聞くと、表情が生き返る。

ちょうど池澤夏樹さん個人編集の『日本文学全集』が刊行され始めた頃で、私が「加勢」して読むのは『日本文学全集』が中心となった。対象としたテキストは池澤夏樹訳『古事記』、町田康訳『宇治拾遺物語』、伊藤比呂美訳『説教節』など。最初のうち私は石牟礼道子の隣にいることで過度に緊張してしまい、必要以上に声を張り上げた。さぞ聞きにくかっただろう。「もう少し小さなお声で」と石牟礼さんにやんわりとたしなめられてからは、一度失敗したからもういいだろうと開き直って、平常心で読めるようになった。なんのことはない、普通の会話のように読めばいいのである。

印象に残っているのは、二〇一四年の冬、『古事記』を読んでいるときだ。天照大神が岩戸に隠れる有名なくだり。大神が隠れて闇になる。「おもしろかですねー」と石牟礼さんが感想を述べたまさにそのとき、訳した池澤さんが突然ドアを開けて、「こんにちは、石牟礼さん」と入ってきたのだ。絶妙のタイミングに石牟礼さんが「ハハハ」と声を出して笑う。きょとんとしている池澤さんに事情を説明し、全員大笑いになった。

石牟礼さんは私の朗読をいつも静かに聞いていてくれた。ただし、わからない言葉があると、「いまの○○はどういう意味ですか」と問う。よくひっかかるのはカタカナの外来語である。「エンタテインメント」「デジタル」「アナログ」など日本語に定着しているような語でも聞き逃さない。安易な外来語依存への石牟礼さんなりの批判もあったようだ。ある日、「アウトサイダーって何ですか？」と聞かれた私は、「かんじんどん（勧進、物乞いという意味）です」ととっさに答えた。石牟礼さんは「ああ」と即座に納得した様子。私の会心の回答のひとつである。

どんな作家のどんな作品でも、読んでいるあいだは身じろぎもせず聞いてくれた石牟礼さんだが、一番熱心に耳を傾けたのは、『苦海浄土』『椿の海の記』『水はみどろの宮』など、ほかならぬ自分の著作なのだ。『苦海浄土』冒頭の水の描写をたどったときなど、陶然と、いい夢を見たと言わんばかりに目を輝かせて、「よく書けていますねー」と感激の面持ちで言う。私をじっと見つめる目が、これを書いた若き石牟礼道子を見つめるかのようで、私はどんな顔をしていいかわからず、若き道子になってすましているしかない。

石牟礼さんは書き直す。書き直すことで文章を鍛えていく作家である。私の『苦海浄土』朗読を聞きながら、恬淡としたふうを装いながら、実は内心、どんなふうに書き直そうか、虎視眈々と構えていたフシがある。三部構成の『苦海浄土』の場合、雑誌、単行本、文庫、全集と、さんざん手を入れた第一部は、「ほぼ完璧」と思っていたようだが、第二部、第三部は「まだまだ書き直しの余地がある」と考えているようだった。

ある日、訪問すると、石牟礼さんが白い箱入りの『石牟礼道子全集』を読んでいる。『苦海浄土』第三部を収録している巻である。「よか装丁の本ですね」と言いかけて私は戦慄した。石牟礼さんの右手に赤ペンが握られている。第三部冒頭の、〈生死のあわいにあればなつかしく候〉で始まる詩行に手を入れている。書き込んで、消し、書き直して、消し、入念に推敲している。魂の友である染織家志村ふくみさんがデザインした渾身の『石牟礼道子全集』も、石牟礼道子にとってはゲラ（校正刷り）にすぎないのだろうか。

渡辺さんも、石牟礼さんの右手に赤ペンがあるのを目撃。見なきゃよかった、という顔で、早々に退散された。半世紀も石牟礼さんの著述の手伝いをしている渡辺さんは石牟礼さんの原稿の清書も一手に引き受けてきた。時間をかけて仕上げた清書も石牟礼さんの手で真っ赤になる。それを清書するとまた真っ赤。「あなたが赤ペンを持っていると、私はおそろしいのです」と絶叫した渡辺さんの心情は察するに余りある。

石牟礼さんの絶筆は「村々は／雨乞いの　まっさいちゅう／緋の衣　ひとばしらの舟なれば／魂の火となりて／四郎さまとともに海底の宮へ」であった。亡くなる十日前の二〇一八年一月三十一日午後四時頃、私が口述筆記したのだ。生涯の要約のような見事なこの文章を、天草四郎と一緒に魂の故郷へ戻った道子さんは、どうやって書き直そうか、と思いをめぐらせているかもしれない。

道子さん「はい」

石牟礼道子さんはオープンな人である。手紙や電話で約束さえ取りつけておけば、訪ねてくる人を歓待した。有名か無名かで応対に差をつけることもなかった。取材を受ける際も、相手が名の知れた大媒体であろうと無名の小媒体であろうと、態度は変わらない。目下の人に対して小さな体を折り曲げるようにしてお辞儀する道子さんを私は素晴らしいと思って見ていた。

晩年、パーキンソン病に伴う呼吸困難などの発作に悩まされ、発作にはストレスも関係するらしいので、来客、とくに初めて来る人には「面会時間三十分」とお願いしてきた。しかし、守る人はほとんどいない。せっかく石牟礼道子と会えたのである。一分でも一秒でも一緒にいたいだろう。それはわかる。道子さんは「NO」が言えない人なのだ。結果的に面会時間はどんどん長くなる。発作がきて、それでようやくお客さんが帰るということが実に多かった。

道子さんはこの世とあの世のはざまを、ああでもないこうでもないと漂う人である。きっぱり意思表示ができる現実世界の人から見れば、もどかしくなることもあろう。二〇一四年に象徴的な出来事があった。長年道子さんの介護と秘書役を米満公美子さんが務めている。その米満さんが怒って飛び出していったことがあった。私は偶然居合わせて一部始終を見たのである。

コトの発端は道子さんの転居挨拶状だ。新しい介護施設に移り、移転した旨の挨拶状を知人や報道機関に郵送した。道子さんのメディアへの露出が激減していた頃である。

某新聞社の年配の記者が面会を申し出てきた。ふだんは音楽を担当しているという。道子さんとの面識はない。「会いたい」だけで「とくに取材ではない」という。挨拶状を受け取った会社の上層部から「安否確認」を命じられたらしい。米満さんは道子さんの体調を考慮し、丁重な断りの手紙を書いた。

断られたにもかかわらず、記者はやってきた。「挨拶するだけで帰る」と言う。道子さんは「挨拶だけなら」と応じ、米満さんは「じゃ、そのあいだにちょっと」と道子さんの身の回りの品を買いに出た。一時間して帰ってくると、記者がまだいたのに米満さんは驚いた。疲労困憊の道子さんを見て、米満さんは激怒した。怒りは記者に対してでなく、「NO」と言えない道子さんに向けられた。

蒼白になった記者は逃げるように帰った。米満さんも介護施設の玄関から飛び出した。

「もうやってられません。もう二度とここには来ません」と叫ぶ。私は一大事と思って、米満さんを追いかけた。「戻ってください。道子さんが悲しみます」と声をかけた。米満さんは「私がこれまでどれだけ我慢してきたか、耐えてきたか、ヨネモトさん、あなたにわかりますか」と声を震わせるのである。

あきらめて部屋に戻ると、虚脱状態の道子さんがいた。なんと声をかけていいかわからず、私は無言で道子さんの隣に座った。長い沈黙のあと、道子さんが口を開いた。

「もう戻らない、米満さんはそう言いなさったですか……。はい、私もわかっているんですよ。米満さんはきっぱりと断ることができる。私は断ることができない。ついつい お相手をしてしまう。そうなると終わりがなくなってねー。そこが米満さんと私との決定的な違いです」と言うのである。慰めようもなく私はうつむいていた。その後、渡辺京二さんの懸命のとりなしがあったが、米満さんのモヤモヤはなかなか晴れず、和解するまでに一年を要した。

石牟礼さんはインタビューを受けていて、疲れたり、めんどくさくなると、何を聞かれても、「はい」とか「ほう」としか言わなくなる。「はい」にしても、万感の思いを込めた「はい」と、突き放すような「はい」がある。ご機嫌のいい「はい」はいいのだが、相手の言葉が終わらないうちに放たれる「はい」は危ない。「わたくしは体力の限界でございます。あなたさまには大変申し訳ないことでございますが、もう休みたく存じます。どうぞお気をつけてお帰りくださいませ」というサインなのだ。

　東京から初対面の女性作家が来たときのこと。女性作家は石牟礼さんに会うなり目を真っ赤にして感極まった様子である。石牟礼さんはこの日は朝から来客が相次いで、相当にお疲れになっていた。小さな体から「早く横になりたい」オーラが出ている。横にいた私はヤキモキしていた。女性作家は石牟礼さんの顔を見つめて帰ろうとしない。部屋の中の重い沈黙を、女性作家のほうでは「深遠な魂の交流」とでも思っている様子で、「石牟礼さんと時を共有できて感激です」などと一人でしゃべっている。一時間を過ぎてようやく帰ってくれて、横になった道子さんと一緒に「あー」とため息をついた。

　オープンであるがゆえに、ためこむストレスは相当なものだった。亡くなる二日前、眠っていた道子さんが「〇〇〇〇を止めてください！」と大きな声を出した。寝言である。ベッドの近くには私を含め数人がいた。〇〇〇〇には漢字四文字が入る。固有名詞を伏せるのは無用な混乱を避けるためだ。糾弾するつもりはない。ただ、獣の咆哮《ほうこう》のような寝言が出てしまうほど、道子さんを苦しめた存在があったということは、ちゃんと書いておかねばならない。

　リターンした米満さんは道子さんと友情を深めた。道子さんが一番心を許したのは、渡辺京二さんをのぞくと、米満さんだったのではないか。机上の整理や衣服の収納など、米満さんは仕事が一段落すると、伏し目がちの目を道子さんに向ける。道子さんはじっと米満さんを見ている。そうやって二人の視線が出合う瞬間が、私は一番好きだった。

ふたりの医師

生涯、水俣病患者救済に尽くした医師の原田正純（一九三四〜二〇一二年）は一九六一年夏、熊本県水俣市の患者多発地帯で幼い二人の兄弟に強い印象を受けた。二人とも〈踊るような不随運動〉があり、明らかに水俣病である。兄弟の父は水俣病で二十九歳のとき亡くなった。兄弟の母は「お兄ちゃんは水俣病ですが、下の子は違います」と言う。

母は「下の子は魚を食べていません」と話す。だから水俣病ではないというのだ。水俣病は魚に含まれる有機水銀で発症する。「同じ魚を私たち一家は全員食べた。お兄ちゃんは魚を食べて小児水俣病になった。私も食べた。私は妊娠していた。私が食べた有機水銀は、お腹の中の子供（下の子）に行ったのではないか？」と原田に問うのだ。「胎盤は毒物を通さない」のが当時の常識である。

母は「（患者多発地帯の）湯堂という集落に行ってごらんなさい。息子と同じような症状の子が何人もいますから」と言う。行ってみると、兄弟と同じような症状の、脳性小児麻痺とみなされている子が七人もいた。「こんな小さな村に七人……」と絶句する。有機水銀が胎盤を通過してこの子たちが水俣病になったとしたら、医学上の新発見になる。若い原田医師は勇み立った。足繁く多発地帯へ通う。一九六二年、原田医師の患者の一人が死亡した。死後の解剖によって、胎盤を通った有機水銀中毒だと認定された。同年十一月、水俣病審査会は七時間の議論の末、十六人を胎児性水俣病と認めた。

その頃、原田医師は、患者宅を回る自分のあとを、知らない女性がついて来るのに気づいていた。検診会場にも来る。「保健婦さんかな」と原田は思った。水俣病に関心のある人に違いない。しかし、それにしては家の中に入って来ない。戸口のところに静かに立っている。やさしい目つきをして、ほほ笑んでいる。あとで知ることになるが、この女性が石牟礼道子だった。

水俣病が広く知られる契機となった石牟礼道子『苦海浄土　わが水俣病』は何人かの医師の協力のもとに成り立っている。石牟礼は、優しいまなざしで、にこにこしながら患者を見ているだけではなかった。患者が亡くなると、大学病院に運ばれて解剖台に乗るところまで見届ける。『苦海浄土』の「ゆき女きき書」という章の中に、〈死ねばうちも解剖さすとよ〉という語りが出てくる。〈大学病院の医学部はおとろしか。ふとかマナ板のあるとじゃもん。人間ば料えるマナ板のあっとばい〉とも書いている。

石牟礼は武内忠男・熊本大学医学部教授（当時）に頼んで、実際に解剖に立ち合っている。〈その解体に立ち合うことは、わたくしにとって水俣病の死者たちとの対話を試みるための儀式であり、死者たちの通路に一歩たちいることにほかならないのである〉との記述は水俣病に立ち向かう決意表明である。石牟礼は大学病院の原田を訪ねる。有機水銀被害という未知の事態を見極めるには医師の話が欠かせない。

〈(石牟礼は)このひどい現実から目をそむけない。『苦海浄土』の中に解剖の所は出て来ます。その時に、肋骨の真上から臍の下三寸までを、「臍の下三寸まで」では、どうもすわりが悪いので、何かいい言葉はないですかと言われて、その時私が「恥骨上縁」と言う言葉がよいのではと言った。他にもいくつか医学用語で、わからないものを聞かれたことがありました〉と原田は回想する(岩岡中正編『石牟礼道子の世界』)。

原田によると、『苦海浄土』の病状描写はひと昔前の誠実な医師のカルテのようだという。「歩行障害」とか「運動失調」とか一言で言ってしまえば見えなくなってしまう症状の奥にあるものを石牟礼は見据える。たとえば、〈「むこうから三人づれの人の来ようらすとすると、真ん中の人間は見ゆるが、横の二人は、首ばあちこちせんば見えんが。目のかすんだちゅうともちごうとる」〉という目の奇妙な状態は水俣病の典型的症状「視野狭窄」そのものなのだ。

原田は言う。

〈こういう事を書くためには、鋭い観察力と洞察力、それからやはり相手に対する優しさです。それがなければ書けません。だから、逆にこういうのを読んで、どうして私たちはつまらない診断書を書いているんだろう、と思いました。ただ一言「運動失調」と書いてしまいます。だけど、そんなことでは、この人の症状は決して表現できない。何か原点に返ったような思いで、この『苦海浄土』を読みました〉(同)

初期の水俣病患者救済に奔走した石牟礼、原田、環境工学者の宇井純、写真家の桑原史成の四人は、敬意を込めて「四銃士」と呼ばれることがある。村人を救済した侍を描く黒澤明の映画『七人の侍』と似たニュアンスである。一九六二年頃の石牟礼の発言を宇井が振り返っている。「石牟礼さんが言っていたものです。『悔しいけれど歯が立たない。でも、だれも読まなくても記録だけはしておこう。ゴキブリかネズミが、そのうちに知能を持つようになったら、人間はこんなバカなことをしたんだと言うだろう』って」

「四銃士」のほかにもう一人、原田正純医師と並んで『苦海浄土』に欠かせないのは医師の細川一(一九〇一〜七〇年)である。一九五六年五月一日、新日窒(チッソ)水俣工場付属病院院長の細川は「原因不明の中枢神経疾患が多発している」と水俣保健所に報告した。複数の幼女らの発病を確認してのことであり、この日が「水俣病の公式発見」の日となった。水俣病の歴史の針を動かしたのが細川医師なのだ。

細川は一九五四年頃から、自分の医療経験が通じない「奇病」の存在に気づき、独自で住民の聞き取り調査をして、「奇病」の臨床経験を重ねてきた。その蓄積があったからこその「公式発見」である。この時点で水俣病を細川より知る人はいない。石牟礼は細川に教えを乞うた。『苦海浄土』刊行前の石牟礼は不知火海のほとりに住む無名の貧しい主婦にすぎない。細川は石牟礼のひたむきさに打たれた。資料一式を貸してくれた。

『苦海浄土』はラジオを無上の楽しみとする盲目の患者・山中九平少年のシーンから始まる。それに続く「細川一博士報告書」は細川の厚生省への報告書の引用である。写しを細川が提供したのだろう。患者の苦患を伝えるにはまず、科学・医学的事実の客観的な積み重ねが必要だ。無愛想で非文学的な病状の羅列的記述は九平の素朴なスケッチのあとだけにかえって新鮮に映り、メモなどの迫真性もあって、巨船の竜骨のように作品の導入部を支えるのだった。患者に憑依したかのような奔放な語りがあとに続く。

工場排水と水俣病との因果関係をチッソは認めていなかった時代である。細川は独自の猫実験で排水が水俣病の原因だと突き止めるが、会社は口止めする。悶々としたまま細川は退社する。チッソが患者に訴えられた裁判で、細川は末期がんの病床で尋問に応じ、猫実験の結果を証言する。会社が排水を水俣病の原因と認識していたことが裏づけられ、患者勝訴の一因になった。

細川医師は会社在籍中から会社と闘うべきだった、と原田医師は主張する。上層部の意向にさからって排水が原因だと言い続けていたなら、水銀被害はもっと少なくなっただろう、と言うのである。しかし、石牟礼はそこまで求めない。社内医師の立場でできる限りやった、退職後も人間としての筋を通した、と言うのである。

石牟礼の特異さは「この世ではないもうひとつのこの世」を求めるところにある。社会的正義をめぐる「この世」の議論には気もそぞろになる。石牟礼は「この世ではないもうひとつのこの世」かもしれない細川医師の人物そのものに深甚な関心を抱く。

末期がんの病床で細川は語る。

〈あの子どもたち……ずいぶん、大きくなったでしょうね〉

「あの子どもたち」というのは胎児性患者のこと。

〈あなた、ほんとうに、つらいですねえ、ぼくはもう、助けてあげられません〉

〈美しく生きたいのですがね、我々は凡人ですからね。美しい話をしたいなあ〉(『評伝石牟礼道子』)

石牟礼は細川の死を語るとき、〈われのいまわも鳥のごとくなり/いまひとたび、にんげんに生まるるべしや/生類のみやこはいずくなりや〉という祈りの文句を書きつけている。「この世ではないもうひとつのこの世」への入り口たる細川との対話は患者救済闘争にのぞむ道子にとって欠かせないものだった（同）。

水俣病闘争の象徴となった黒字に「怨」と染め抜かれた吹き流しが完成したのは闘争のさなか、細川が亡くなった日である。「怨」の吹き流しも支援の学生らが体につけた「死民」のゼッケンも石牟礼の発案である。患者に寄り添ううち実感が「怨」や「死民」の文字として自然に醸成されてきたのだ。

幼少期からこの世での生き難さを味わってきた道子は自分を「この世から外れた者」と自覚せざるを得なかった。二十歳の道子は〈青い光を尾引いた芸術というひとつの光ものが、私を呼ぶのです。夜の中天に一際輝いている星のように。そして私は、夜の底からひとみを上げて深々と吸いとるように双手を上げて、そのひかりものへ伸ばしてみます。然し何とその空間の無限であることでしょう〉と随想に書く。若年の頃から「ひかりもの」すなわち「この世ではないもうひとつのこの世」への憧れは切なるものがあった。

深甚な孤独を抱いて生きる。三度の自殺未遂をへて、自らの孤独に匹敵する孤独を水俣病患者の孤独に見いだす。患者を書くことで自分の生きる道が開けたような気がした。患者救済の前に自分を救済せねばならない道子なのだった。

水俣病第一次訴訟の原告団長、渡辺栄蔵は「今日ただいまから、私たちは国家権力に対して、立ちむかうことになったのでございます」と高らかに宣言した。患者を支援する

「水俣病を告発する会」の本田啓吉代表の提訴の日の挨拶が告発する会のありようを端的に示している。

「弁護士さんたちは私怨を捨てて裁判に臨めと言ったが、われわれはあくまで仇討ちとしてこの裁判をとらえる。われわれの態度は義によって助太刀いたすというところにある」

「私怨を捨てて」とは「全国の公害をなくすために」という大義名分で審理にのぞみ、法体系にのっとり裁判闘争を進めることをいう。一方、「仇討ち」や「義によって助太刀いたす」とは、全面的に患者に寄り添い、近代的法体系とは無縁の次元で前近代的な闘いをおこなう覚悟を表明することにほかならない。

旧厚生省占拠、チッソ株主総会乗り込み、チッソ東京本社占拠など、一連の闘争の原動力となったのは石牟礼である。喫茶店では必ず隅の席に座り、来客があったら押し入れに隠れる石牟礼のようなタイプの女性が闘争の中心人物になったのは不思議なことだ。

「運動の主体はあくまで患者さん」という立場を崩さなかった石牟礼だが、「加勢」に徹しようとすればするほど、『苦海浄土』のカリスマ性もあって、その発言は金科玉条のごとく支援の学生らに伝えられた。求心力が日ごとに高まる。チッソ本社を占拠した石牟礼がチッソ社員から「お前がこの騒動の張本人だろう！」と面罵されたとき、近くにいた渡辺京二は「まったくその通り」と思ったという。

水俣病闘争は言ってみれば、チッソなど「近代」への、患者ら「前近代」の民による異議申し立てである。「近代」に滅ぼされる側の「基層民」の側に立ち、「もうひとつのこの世」（それはだれも見た者がいないゆえ、だれも説くことはできない。しかし、基層民はそれがあるべきことを予感し、自己の存在をもって告知している）を憧憬する。

自然の蹂躙も辞さない「近代」人と、自然に生かされていると切実に感じる「前近代」人の対峙。石牟礼は闘争のさなか、〈水俣の風土は、ここを逃れ去ることかなわぬという意味において、わたくしには、愛憎ただならぬ占有空間である。ここを犯すものをわたくしはゆるせない。チッソはわたくしの占有領域を犯し去ろうとしたのである。たぶんわたくしは最後の先住民のひとりではあるまいか〉と書く。

「基層民」は渡辺京二の造語である。〈近代社会っていうのが最後に取り残した、浸透できない一番基本的な基層にいる民衆の心情・論理というものを持っている人たち〉（『死民と日常』）なのだ。「基層民」という言葉を石牟礼も好んで使った。石牟礼が長年漠然と思い浮かべていたイメージを渡辺が言葉にしたと言ってもいい。

石牟礼や渡辺が水俣病闘争から撤退せざるを得なかったのは、近代の法律に基づく、商取り引きのような「この世」での闘争に限界を感じたからである。法が統べる近代的法廷では魂の交流は果たせない。石牟礼は渡辺らと共に雑誌『暗河』を創刊して「もうひとつのこの世」を追い求めるための新たな陣を敷く。石牟礼は『苦海浄土』の姉妹作ともいえる『西南役伝説』の一部を『暗河』に発表する。「怨」の黒旗をしまい込み、自分も加害に加担したのではないかと根源的に問うことで新たな展望を開く。

「治らない病気と向き合う」ことを生涯の主題と決めた原田医師は多くの患者に慕われた。慕われる理由は、偉ぶらなかったこと、情が濃かったこと、医師としての柔軟さ、などである。ある漁師の症状が右半身に限られていた。「脳卒中だな」と呟くと、水俣病の未認定患者発掘を続けていた水俣病患者の川本輝夫から「脳卒中になれば水銀に負けんごとなっとでしょうか」と聞かれた。ぎくっとして左半身を丁寧に診ると、脳卒中では説明できない症状を見つけた。原田は「水銀被害は病人にさえ及ぶ」ことを学んだ。

「水俣病は病気じゃなかですもんね。公害の何のちいうて、なんちゅうことでしょうかね。あれは殺人だとぼくは思います。石牟礼さんはそうお思いになりませんか」

原田医師は亡くなる前、夫人と共に石牟礼を訪ねて、旧交を温めている。そのときの原田の発言だ。初めて会ってから半世紀が過ぎた。

「もちろんですとも」と石牟礼は応じた。

「なんの公害ですもんか。公の害じゃないですよ。潜在患者がいることがわかっているのに、不知火海のことば調べもせんで。患者さんを本当に救う方法ばみんなで考えにゃいかん。ひとりも治せないということは、医者として実につらいですよ」

石牟礼は亡くなる前、「水俣病は治らない病気なので、親身に接してもらうと魂がなぐさめられる気がする。原田先生は、医学的にというより、全人格で患者さん一人一人に接しておられた」としきりになつかしんだ。原田医師は教授として在籍した熊本学園大学で二〇〇二年から「水俣学」を開講。医師として患者に向き合うというより、人間同士、魂の対話を求めた。石牟礼が生涯信頼を寄せたゆえんである。

せりこみ猫と道子さん　「あとがき」にかえて

二〇一五年晩秋の午後、裁縫をしていた石牟礼道子さんが不意に顔を上げ、「〝せりこみ猫〟をご存知ですか」と私に聞くのだ。せりこみ猫？　ぐっと詰まった私に、「のら猫がある日やって来る。追い払っても来る。いつのまにか来ている。そのうち自然と家族の一員になっている。そうやって関係に〝せりこんでくる〟猫のことなんですけど……」と笑みを浮かべて語るのだ。

『苦海浄土』を書き、水俣病闘争をへた石牟礼さんは一九七八～九四年、熊本市東区の真宗寺脇に仕事場を構えた。住職の信頼を得て、世間で行き場のない寺の若者らとも仲よくなり、本堂で執筆することもある自分のことをせりこみ猫と思っていたようだ。

堂々と入っていくのではない。〝生まれてすみません〟の太宰治さながら、うなだれて遠慮がちに入っていく。生きることそのものに違和感があり、日常の起居すべてに恥じらいがあった。水俣病闘争では「患者さんの付き添い」という立場を崩すことがなかった。

働き者を「働き神」、本好きの人を「書物神」と呼ぶように、水俣では人の特性に「神」

をつける。他人の苦しみをわが苦しみとして、夜も昼もなく悶える石牟礼さんは「悶え神」だった。水俣病患者の絶望や苦悶を引き受けるだけでなく、加害企業チッソの首脳の心労を察して悶えるのだ。

最晩年、ベッドに横になったまま「チッソの島田（賢一）社長さんがいらっしゃいました」と口にすることがあった。チッソ東京交渉で水俣病患者の故・川本輝夫さんが机の上にデンと座って島田社長に迫る写真は広く知られている。「島田さんはもう亡くなっておられます。幻です」と言うと、石牟礼さんは「病気（パーキンソン病）になったらすべてを忘れられると思ったのに」と涙を流すのだ。

まなうらから消えない。長時間粘った川本さんが、「俺が鬼か」と島田社長の顔の上に涙を落とした東京交渉から半世紀近くたっているのだ。それなのにいまだにベッドの上で闘争相手の身になって悶えているとはどういうことであろう。当時、追い詰められた水俣病患者らは、やっと到来した島田社長との直接交渉の機会に、長年の怨念を晴らす〝魂の相対〟をしようと必死だった。

川本さんが島田社長に迫っているシーンを島田社長の息子さんがテレビで見た。疲労困憊で帰宅した島田社長に息子さんが「水俣病患者の川本は……」と言いかけると、島田社長はそれを制して「川本さんという人は立派な人だ。決して呼び捨てにしてはならない」

と戒めた。水俣フォーラムの実川悠太理事長が島田さん没後に奥様から聞いた話である。川本さんが落とした涙を島田社長はしっかりと受け止めていた。島田さんの言葉は石牟礼さんにも伝わった。

『苦海浄土』三部作を完成させた石牟礼さんは患者の杉本栄子さんや緒方正人さんのことを自分の分身のように熱心に書いた。杉本さんは加害企業を含め自分の家族を差別して奈落の底に落とした人々すべてを「許す」ことにした。緒方さんは「加害 vs.被害」の図式を超え、「チッソは私であった」と効率至上、利益優先の近代そのものを問うた。

チッソの罪は断じて許されるべきではないが、その罪を犯してしまった人間はもう憎まない、罪を憎んで人を憎まず、ということなのだろう。かつて闘争のシンボルだった「怨」の旗に代わるものが必要だ。石牟礼さんは、杉本さんと緒方さんを書くことでペンによる闘争の新たな展望を開こうとした。

ここまで書いてハッと気づいた。〝せりこみ猫〟とは私のことではないか。ある日突然あらわれ、その後、足繁く通い、プライバシーに踏み込み過ぎるなど都合が悪くなると姿を消す。ほとぼりが冷めると、なにくわぬ顔をして出てくる。石牟礼さんと日本近代史家の渡辺京二さん（半世紀にわたる石牟礼さんの文学・思想的盟友）の息子のような顔でお茶を飲む。場になじんだ私のことを、石牟礼さんはからかってみたくなったのではないか。

今となっては確かめるすべはないが、容易ならぬ病床にあっても、童謡を歌ったり、指切りげんまんをするなど、余裕を失わなかった石牟礼さんである。〝せりこみ猫〟と私をからかったついでに、自分の〝せりこみ猫〟としての歩みを振り返ってみたかったに違いない。せりこみ猫――なんといじらしく愛すべき呼び名であることか。

二〇一四年四月、石牟礼さんの近況を伝える毎日新聞西部本社版の連載「不知火のほとりで―石牟礼道子の世界」を始めた。一八年二月十日に石牟礼さんが九十歳で死去。連載はその後も続き、六年目の一九年二月、七十回で完結した。

前作の『評伝　石牟礼道子―渚に立つひと』（二〇一七年、新潮社）に未収録の「不知火のほとりで」の一部と、書き下ろしや雑誌掲載原稿などを合わせたのが本書である。トーンの異なる諸々の文章を毎日新聞出版の永上敬さんが読みやすく構成してくれた。目をみはるばかりの装丁・デザインの間村俊一さんにも感謝。いつも助言してくださる渡辺京二さん、池澤夏樹さん、石牟礼道生さんら今回も多くの方々に支えられた。

没後一年過ぎた。練りに練った石牟礼さんの作品を読みにくいと思う人もいるようだ。「石牟礼さんはこの文章で何が言いたいのですか」と私に聞く人もいる。私は「答えは文章の中にある」と答える。文章の後ろに何かがあると考えないほうがいい。意外性の衝突、意想外の飛躍など、思わぬことが起こる。生身の人間に対しているのと同じことだ。文章の中に石牟礼さんは生きている。

石牟礼さんの息吹に触れるため、たぶん生涯かけて私は石牟礼道子を読むことになるだろう。「おや、まあ、あなたが。まあ、まあ」。ちょっと鼻にかかった道子さん独特の甘い声が、耳元で聞こえたような気がする。

米本浩二

二〇一九年四月

初出

二月、道子さんを送る（第一章）……書き下ろし
保存会の四年……『石牟礼道子資料保存会会報』二号
天上と海底と……『道標』二〇一八年冬号
道子さん、こーろころ……『俳句αアルファ』二〇一八年夏号
道子さんの「加勢」……『週刊読書人』二〇一八年三月三十日号
「悶え神さん」逝く……『毎日新聞』二〇一八年二月十一日夕刊
言葉のみなもと……『文藝別冊　石牟礼道子　さよなら、不知火の言魂』二〇一八年五月
道子さん「はい」……『アルテリ』六号
ふたりの医師……『月刊保団連』二〇一八年九月号
せりこみ猫と道子さん……『毎日新聞』二〇一九年四月十二日
その他……『毎日新聞』連載「不知火のほとりで―石牟礼道子の世界」二〇一七年四月～二〇一九年四月

単行本化にあたり大幅な加筆・修正をしました。

米本浩二（よねもと・こうじ）

一九六一年、徳島県生まれ。徳島県庁正職員を経て早稲田大学教育学部英語英文学科卒業。在学中に『早稲田文学』を編集。毎日新聞記者。石牟礼道子資料保存会研究員。著書に『みぞれふる空――脊髄小脳変性症と家族の2000日』（文藝春秋）、『評伝 石牟礼道子――渚に立つひと』（新潮社刊）で第六十九回読売文学賞［評論・伝記賞］を受賞。

装丁　間村俊一
写真　田鍋公也
帯写真　石牟礼道生氏提供

不知火《しらぬい》のほとりで
石牟礼道子《いしむれみちこ》終焉記《しゅうえんき》

印刷　二〇一九年五月十五日
発行　二〇一九年五月三十日

著者　米本浩二《よねもとこうじ》
発行人　黒川昭良
発行所　毎日新聞出版
〒一〇二―〇〇七四
東京都千代田区九段南一―六―一七　千代田会館五階
営業本部　〇三（六二六五）六九四一
図書第一編集部　〇三（六二六五）六七四五

印刷　精文堂
製本　大口製本

ISBN978-4-620-32586-6